偽りの共犯者

花丸文庫BLACK

藍生 有

偽りの共犯者　もくじ

イラスト／相葉《あいば》キョウコ

偽りの共犯者

名越春彦《なごしはるひこ》は、「なごし」と書かれた紺《こん》色の暖簾《のれん》を片手で上げた。途端に眩《まぶ》しい光を浴び、湿度の高い空気にまとわりつかれる。わずかに目を細めただけでそれを受け流し、春彦は扉脇《ど》に退いた。

「お気をつけてどうぞ」

「どうも」

浴衣《ゆかた》を購入した大学生は、大きな袋を抱えてどこか誇《ほこ》らしげに店を出る。

「ありがとうございました」

春彦はゆっくりと頭を下げた。

午後四時になっても、照りつける日差しは容赦ない。コンクリートからは湯気が立ち上って見える。

目の前にある信号が青から赤に変わるくらいの間をおいて、春彦は頭を上げた。都内有数の商業地は、平日とはいえ夏休み期間ということもあり、人でごった返していた。既に大学生の背中は見えなくなっている。

中へと戻り、軽く汗を拭《ぬぐ》った。時間にしてみればほんの数分だというのに、額には汗が滲《にじ》んでいた。

切り揃《そろ》えた髪を耳にかける。そうするだけで、少し涼しくなった気がした。

「さて、と」

柔らかな色が並ぶ棚を見回す。

ここは男性向け着物専門店『なごし』だ。都心一等地にある老舗《しにせ》呉服店『名越屋』が若い男性をターゲットとして作ったこの店を、春彦は昨年の開店時から任されていた。老舗呉服店が経営する和装入門店というコンセプトは注目を集め、売り上げは好調だ。特に初めて迎えたこの夏は、浴衣の売れ行きが予想以上だった。盆も過ぎ、そろそろ色数も少なくなってきているというのに、まだ順調に動いている。

この週末が都内近郊最後の花火大会だから、その直前までは動きがありそうだ。

もう少し数を仕入れておくべきだった。来年に向けての反省を胸に、春彦は浴衣コーナーの前に立つ。

さっきの大学生は、迷った末に飾ってあった浴衣一式をそのまま買っていった。また新しくディスプレイをしなくてはならない。

どれにしようかと、浴衣の棚を眺《なが》めながら考える。オーソドックスな紺色はもうあまり種類がない。秋めいた黄土《おうど》色のものは動きがよくないから、販売促進のためにこれを飾ろう。

そう決めて、落ち着いた色の浴衣を広げた。

「これに合わせるなら、どっちの帯がいいと思います？」

試着や採寸に使う畳の上を片付けていた、女性社員にアドバイスを求める。従業員は六人、全員春彦より年上だ。ベテランの女性社員の中には、春彦を子供の頃から知る人もいた。

　従業員と相談しつつ、浴衣をディスプレイしていく。

「これでいいかな」

　離れてコーナー全体を確認する。小物類の配置を変え、満足がいくものができたところで、電話がかかってきた。来月展示会を行うホテルからだった。

「……はい。それでは、よろしくお願いします」

　電話を切り、打ち合わせたメモを整理する。

　来月の展示会の準備と同時に、冬に行われる百貨店の催事の計画も動いていた。初めてなごしとして出店する予定で、責任者は春彦だ。とにかく分からないことだらけで、手探りの状態だった。

　他にも、近くのレストランと共同での和装企画など、従来の呉服店のイメージにとらわれない展開をなごしは行っている。取材の申し込みを受ける機会も多く、その度《たび》に春彦は店の代表として対応した。

　雑誌の撮影をこなしたことも数度、ある。店の中と外で写真を撮られ、後から届いたものを見て羞恥《しゅうち》に襲われた。周りが褒《ほ》めてくれたのがかえって恥ずかしかった。

　だがそれもまた、仕事の一環だ。その記事を見て足を運んでくれる人がいる以上、店の宣伝だと割り切るようにしていた。

ドアが開くのに合わせて、いらっしゃいませと声を上げる。ひっきりなしというほどではないが、客足は途絶えなかった。

その合間を縫って、できる限りの事務作業を終わらせておく。顧客への連絡も、この店では手紙や電話ではなく、メールがメインだ。

やっと一息つけたのは、閉店時間の八時直前だった。

外に目を向ける。通る人は少なくないが、家路に急ぐか飲食に向かうかが大半だ。この時間に来店する人は少ない。

そろそろ閉店の準備をしよう。そう思った時、ドアが開く音がした。

「いらっしゃいませ」

反射的に声が出る。だが入ってきた着物姿を見て、春彦は笑みをこぼした。

「ああ、いらっしゃったよ」

笑いながらやってきたのは、名越基伸《もとのぶ》。名越屋の四代目で、春彦の養父だ。普段はここから徒歩二分の場所にある『名越屋』か、その上にある事務所にいる。

「こんな時間に珍しいですね」

春彦がそう言うと、基伸は穏やかな笑顔を浮かべて近づいてきた。

くっきりとした二重は、目尻がわずかに垂れていることで柔和に変わる。高すぎない鼻

に厚みのある唇、程良く焼けた肌にがっしりとした体つきは、男としての理想に近い。撫《な》でつけた髪には、白というより銀に近い色が混じっていた。それがまた上品で洗練された印象を与えている。

渋い男前だと女性従業員が顧客と話しているのを聞いたことがあるが、確かにその通りだ。思わず頷《うなず》きたくなったけど、盗み聞きしたも同然なのでその時は堪《こら》えた。

亡くなった父の親友だった基伸は、身寄りがなくなった春彦を引き取って育ててくれた恩人だ。名越の姓を名乗るようになったのは、春彦が小学校三年生の時。その日から、春彦は基伸の息子として生きてきた。

基伸と実父の出身校に中学から入学し、大学まで通わせてもらった。在学中からアルバイトとして名越屋で働き始め、卒業後は社員として入社し、今はこうして店を任されている。

周囲からは、春彦が跡継ぎのように見られていた。実際に基伸はそのつもりのようで、春彦にあれこれと経営についても教えてくれている。

恵まれた人生を送っているという自覚はあった。だからこそ、名越の名前に恥じないように、そして基伸の期待に応えられるように、努力は惜しまない。

「ちょっと春彦に見せたいものがあってね」

基伸は手にしていた風呂敷を掲げた。

「なんでしょう？」

「ちょっとおいで」

基伸に続いて、店の奥にある畳スペースへ向かう。

「実は先日、うちでお受けした着物にキャンセルが出てね。こちらで売りに出してもらうつもりだったんだが、実物を見たら春彦にどうかと思って」

基伸はそう言って、風呂敷からたとう紙を取り出した。中に包まれていたのは、鮮やかな藍《あい》色の着物だった。

「久留米絣《くるめがすり》だ。サイズもお前にぴったりだと思うよ」

「素敵ですね……」

基伸が見せてくれたのは、久留米絣と言われる織りの着物だ。目の覚めるような藍色で、女物と見まがうかのような大柄の格子柄が印象的だった。

「うん、実はね……」

基伸の説明によると、これは普段は女物を織る作家が作った男物だという。そのため、絣で構成された格子が男物にしては大きいようだ。

「なるほど。……とてもいい色ですね」

ぱっと見るだけでは硬そうだけれど、触れると柔らかくて心地よい。この独特な手触りを、ありきたりな言葉でしか表現できない自分が情けなかった。

「どうかな。気に入ってくれそうなら、プレゼントするけど」

「ありがとうございます。でも、いいんですか？」

簡単に買えるような値段のものではないことくらい、触っただけで分かった。とても上質なものだ。

「もちろん。ほら、羽織《はお》って見せてくれないか」

「はい」

すぐに長着《ながぎ》を羽織った。前を軽く合わせ、鏡の前に立つ。基伸が満足そうに頷いた。

「いいんじゃないか。なあ、みんな」

基伸の声が響く。店内に客の姿はなく、声が聞こえた範囲にいた従業員が集まってきた。

「あら、素敵」

「どうしたんですか、これ」

従業員が鏡の前に立つ春彦を囲む。

「店長は色が白いから藍が映えること」

「春彦――じゃなかった、店長にどうかと思って持ってきたんだが、よく似合うだろう」

基伸が満足げに頷いてくれた。気恥ずかしいようなくすぐったいような気分のまま、春彦はそっと着物の表面を撫でた。

藍色はとても難しい色だ。こんなに鮮やかな色と柄の男物など滅多にない。

「とてもお似合いよ」

褒められた鏡の中の自分は、照れくさそうに笑っていた。

一通り従業員の見せ物になってから、羽織っていた着物を脱ぐ。

「いつ着ましょうか」

着物を畳みながら、基伸にアドバイスを求める。

「大切な人と出かける時にどうかな。そういう人を、そろそろ紹介してもらいたいんだけど」

軽やかな口調で返される。春彦は笑おうとして失敗し、微妙な顔になってしまった。

基伸は、二十六になった春彦に浮いた話のひとつもないことを心配している。それは親として、ごく当然のことだろう。分かっているのに、胸がざらついてしまう。

基伸は親友の息子である春彦を、彼自身の息子と分けへだてることなく、育ててくれた。それが嬉しくて、同時にひどく、もどかしい。

俯《うつむ》いた春彦の態度をどう解釈したのか、基伸は頰《ほお》を緩《ゆる》めた。

「まあ冗談はここまでにして、九月の展示会はそれを着たらどうかと思ってね。久留米絣の受注会もあるだろう。時期的にも単衣《ひとえ》がちょうどいい」

展示会は若い顧客を中心としたもので、堅苦しくなく気軽に行うことが決まっている。あまり季節を先取りしすぎても男性はついてきてくれないという方針から、すぐに着られる仕立て上がりの長着の取り扱いを多くしていた。価格も抑えていて、普段使い用にジャージ素材の着物まで用意してあった。

展示会と同時に久留米絣の受注会も予定しているので、その場にこの着物はぴったりと言える。

「そうですね。でも汚れてしまうのはもったいない」

展示会は店舗ではなく、ホテルの宴会場で行われる。台車を使って反物や着物を運ぶのは力仕事だ。汚れるし、洋服の方が仕事はしやすい。

だが顧客の立場を考えると、和服を着ていない呉服屋というのはどうにも信用に欠けるらしい。春彦は何を着ようか迷っていて、一度基伸に相談していた。

「力仕事は篤基《あつき》にやらせればいいさ」

基伸はあっさりと言った。

篤基は基伸の息子で、血の繋《つな》がりはないけれど春彦にとって弟になる。現在大学三年生で、展示会の時は力仕事を進んでやってくれていた。頼れる存在ではある。

「でも……」

まだ、手伝いを打診してはいない。彼にも予定というものがあるだろう。

「春彦は店の顔として、接客を担当するんだろう。全部を自分でやろうとしなくていい」

そこまで言われたら、春彦は頷くしかない。

それではこの着物を自分で買うと申し出たが、野暮なことはするなと基伸にたしなめられた。

「好意は素直に受け取っておくものだよ」

「分かりました。ありがとうございます」

素直にお礼を言い、そっと長着の表面に触れる。既に手に馴染《なじ》む柔らかさだ。身につけたらどれだけ心地よくなるか想像しただけで胸が弾む。

そしてなにより、基伸が春彦に似合うと持ってきてくれたことが嬉しい。

「これにからし色の半襟《はんえり》を合わせるのはどうですか」

「ああ、好みだねぇ」

では帯を、と考えている間に、八時を過ぎていた。いつもなら、とっくに売り上げの集計を始めている時間だ。基伸と話しているとつい夢中になってしまう。

「すみません、店を閉めないと」

「まあ急ぐことはないよ。私は店内を見ているから」

「はい」

そう言われても、これからの作業では時間がかかる。口にはしないけれど、この時間にここへ来たということは、基伸は春彦と一緒に帰るつもりだ。

先に帰ってもらうべきか迷いつつ、脱いだ羽織《はおり》を片手に店内を眺めている基伸の背を確認する。帯は片挟《かたばさ》みという、すっきりと体に沿う結び方になっていた。これは基伸が車を運転する時の結び方だ。

基伸はこれから車で帰るつもりなのだろう。二人で車に乗る機会はさほど多くないから、それを断りたくなかった。

手早く閉店の作業に入る。今日の売り上げを報告すると、基伸は満足そうに頷いてくれた。

「お疲れさまでした」

従業員を帰宅させ、電気を消して戸締りをする。手には久留米絣が入った風呂敷を持った。

なごしがある通りを一本奥に入った駐車場に、基伸は車を停《と》めていた。国産のセダンはシルバーで、基伸の髪の色とよく似ていて上品な印象だった。

助手席に乗り、春彦はシートベルトを締めた。もう自宅へ帰るだけだから、帯の形が崩れても問題はないだろう。膝《ひざ》に風呂敷を載せる。

「行くよ」

ちらりとこちらを見た基伸と目が合う。黙って頷くと、車は静かに走り出した。

店から自宅までは、車で十五分、地下鉄だと二駅になる。時間帯にもよるが、普段は地下鉄通勤だ。こうして基伸と帰宅時間が重なる時だけ、車に同乗させてもらっていた。

車の運転は性格が出ると聞くが、基伸を見ているとその通りだなと思う。決して焦らず、割り込まず、寛容なのに、遅いという印象はない。とてもスマートなのだ。春彦は基伸の車の助手席に乗るのが好きだった。

「今年の秋冬はね、羽織紐《ひも》をつけない着こなしを前面に出そうと思うんだ」

羽織には乳《ち》と呼ばれる、羽織紐を結ぶ部分がある。そこにあえて紐を通さない着方を、基伸は好んでいた。

「コートのようになっていいですよね」

紐がなくなるだけで、羽織は途端にカジュアルな印象になる。特になごしの客層には勧《すす》めたい。

「そうだね。マフラーと合わせると洋服のようにコーディネートできるんじゃないかな」

「この秋は僕もやってみます」

実はもうそのつもりで、羽織を用意していた。秋物が出回るようになったら、ちょうどいいマフラーを探そう。その時はまた基伸に相談に乗ってもらいたい。

春彦にとっては、何もかも基伸がお手本だった。都内の一等地に店を構え、老舗の暖簾を守りつつ新しいことにも挑戦している養父に憧《あこが》れないはずがない。一人の人間として尊敬している。

基伸は長いこと独り身だ。仕事柄、付き合いのある女性は多いようだが、恋人はいない。

もっとも、これだけの男を世の女性が放っておくはずもないから、春彦の知らないところでそれなりに遊んでいるのだろう。追及はしたことがないけれど、基伸自身から滲む男の色気から察せられた。あれはとても一朝一夕《いっちょういっせき》で身につくものではない。

考えただけで、胸に何かがつっかえたように苦しくなる。俯いてそっと息を吐き、膝に載せた風呂敷をそっと撫でた。

車内ではいつも仕事の話ばかりだ。今日もこのままだとそれで終わるだろう。だけど春彦には、基伸に話したいことがひとつあった。

話が途切れたタイミングで切り出そうと思っているのだけど、仕事の話がいつもより弾んでしまう。

「明日から留守にするけど、よろしく頼むよ」

「もちろんです」

基伸は年に数回、全国の着物作家の元を訪問する。今回は北陸を回ると聞いていた。予定は三日間だが、たまに長引くこともあった。

「お土産《みやげ》にうまい日本酒を買ってくるよ。春彦はぬる燗《かん》が好きだったね」

「はい。楽しみにしています」

そんな話をしている内に、車は名越家のある住宅街に着いてしまった。

自宅のガレージに車を停める。助手席に軽く左手をかけて車をバックさせる基伸の仕草を意識しないように、顔をさりげなく背《そむ》けた。そうしないとこの近さは照れる。

　車がぴたりといつもの位置に停まる。素早く車を降り、ガレージの奥にあるドアの鍵を開けた。

　名越家は、数寄屋《すきや》造りの二階建て住宅だ。敷地は角地で広く、駐車場から正面の門まで回るだけで数分かかってしまう。この出入り口から入る方が、門に回るよりも早かった。手入れの行き届いた庭を通る。門の内側は少しだけ気温が低く感じた。

「まだ暑いね」

「ええ、この調子だと、しばらく薄物《うすもの》で良さそうですね」

　母屋の手前には離れがある。茶室は基伸の母親が主に使っていたもので、今はたまに基伸が使うだけだった。

「出歩く時はそうだ。単衣でも暑いよ」

　季節の少し先をいくのが粋だと言われるけれど、現代の生活では難しくもある。あまりこだわらなくてもいいとは思いつつ、やはり仕事柄、気にしないわけにはいかなかった。

　玄関を開ける。ひんやりとした風が心地よい。

「ただいま」

　廊下を歩いた先にある、家族用の居間に足を踏み入れる。台所と繋がったこの空間だけが、家の中で洋風の作りだ。

「おかえり」

ソファに、弟の篤基が寝ころんでいた。春彦を見て、手にしていた雑誌を脇へ退けた。

篤基は父親である基伸によく似た目鼻立ちをしている。だが基伸よりも野生味を強く感じさせるのは、伸びた髪のせいかもしれない。

「ん、父さんと一緒？」

篤基の視線は、居間の隅《すみ》に風呂敷を置いた春彦の後ろへ向かった。

「そうだよ」

「なんだ、私が一緒じゃ駄目か」

春彦のすぐ後ろに立った基伸が篤基をからかう。

「そんなこと言ってないって」

ソファから跳《は》ね起きた篤基が伸びをする。彼はTシャツに甚平《じんべい》という、夏らしい格好をしていた。

「父さんに荷物が来てる」

篤基はテーブルの足下に置いた段ボールを指差した。

「ん？　なんだろう」

首を傾《かし》げた基伸は心当たりがないという顔で箱に近づく。だが表面の差出人を確認して表情を和《やわ》らげた。

MEN'S

「おや、家に送ってきたのか」

どれどれと基伸は屈み込み、段ボールを手際よく開けた。クッション材を取り出し、小さな布袋を二つ、持ち上げる。

「見本品ができてきたんだ。見てくれないかい」

「ああ、できたんですね」

茶色と黒の皮をベースにした二つのバッグを受け取り、春彦はテーブルの上に並べた。長いベルトがついた小さな鞄《かばん》は、美容師が使うシザーズケース、はさみを入れて腰につける袋をヒントに作ってもらったものだ。

「どうかな」

財布や携帯電話といった貴重品だけを持って出かける時に便利だと思い、春彦が提案した商品だ。表面に和柄の布を用いてもらい、着物にも合うようにしてくれと要望を出していた。帯の上から締めてもいいように、ベルトの長さが調節できるようになっている。

「何それ」

篤基が身を乗り出した。

「まあ一種の鞄だよ。帯の上につけるんだ」

「へぇ」

興味を持ったのか、篤基が試作品を手に取り、腰に当てた。

「こんな感じ？　いいじゃん、これ。甚平には合わないけど、デニムにいいかも。手ぶらで出かけたいけど、財布と携帯に鍵だとポケットに入りきらなくて困る時があるんだ」

どうやら篤基はお気に召したようで、立ち上がってちょうどいい位置を探している。

「バイト中もこれでいいな」

篤基は、名越屋近くの生花店でバイト中だ。花ばさみを入れるにはちょうどいいかもしれない。

「俺もこれ欲しい」

いい？　と篤基がねだる視線を基伸に向ける。もちろんだと基伸は頷いた。

「じゃあ、その黒を使ってみてくれ。春彦はこっちの茶色だな」

「はい。ありがとうございます」

手にした鞄は見た目よりもずっと軽かった。これは重宝しそうだ。明日から早速使ってみよう。

「春彦とお揃いだ」

子供じみた篤基の言い方についい笑ってしまった。

「そういや、二人とも飯は食ってきた？」

「これからだ。篤基は食べたのか」

「まだ。じゃあみんなで食おうぜ」

篤基は楽しげに言い、足取りも軽く台所に向かう。

「その前に着替えてくるから、ちょっと待って」

「ん、分かった。十分で用意するから、父さんもすぐ着替えて」

「分かってる。そう急《せ》かすな」

基仲は苦笑しながら、廊下へ出ていった。彼の書斎と寝室は、居間の反対側にある。

家事は通いの家政婦さんがしてくれていた。基仲の母親が亡くなった十二年前から世話になっている女性で、春彦や篤基にとってはもはや家族も同然だった。篤基は彼女をおばちゃんと呼んで慕っていて、母の日にはプレゼントを贈って泣かせてしまった。

還暦を過ぎて疲れたからと、契約は平日の内四日のみになったが、いつも丁寧に家事をこなしてくれている。おかげで家は片付いているし、食事にも困らない。

もっとも、春彦も篤基もそれなりの家事はできるようになっている。男三人での生活だが、うまくやっていた。この毎日に、不満といえる要素はない。

だからこそ、春彦は怖かった。端から見れば順風満帆《じゅんぷうまんぱん》だからこそ、些細《ささい》な変化に怯《おび》えてしまう。

なによりも恐ろしいのは、自分がすべてを壊してしまいそうなことだ。

風呂敷を手に、静かに階段を上がる。春彦の部屋は、二階の階段そばにあった。

ドアを開けると、空気が沸騰したような暑さに襲われる。西日が入るこの部屋を一日中締め切っていたのだから当然だ。

「ひどいな」

思わず口に出して呟《つぶや》く。吹き出した汗を手の甲で拭いつつ、窓を開けて風を入れる。吊《つる》した風鈴が涼やかな音を立てた。

もちろん部屋にエアコンはあるけれど、毎日冷房が効いた場所にいるから、自室の中でくらい自然に過ごしたい。網戸で虫をよけつつ、電気を点《つ》けず月明かりだけで着物を脱いだ。

軽く手入れをしてから吊す。家にいる時はいつも、浴衣を身につけるようにしていた。夏は薄手で丈の短くなったものを着ている。

準備を整えて一階へ戻る前に、ふと視線を感じた気がして部屋の隅に目を向けた。

広い部屋の隅には、書棚が並んでいる。かなりの数の本が収納されているが、重みに耐えられるようにと、家自体も補強済みだ。

一番手前の本棚の、上から三段目。ちょうど春彦の目の高さに、一枚の写真と「木嶋秋《きじまあき》人《ひと》」の本があった。

木嶋秋人は、春彦の実父だ。母は春彦を生んで数日後に亡くなったため、父は懸命に春彦を育ててくれたと聞く。

父はかなり不器用だったらしく、二つのことが同時にできなかったようだ。いつまで経《た》っても春彦を抱く手が覚束《おぼつか》ず落としそうではらはらして見ていられなかったと、基伸が教えてくれた。今でもたまに、基伸は酔うとこの時の話をする。よほど危なっかしかったのだろう、基伸はいつもこの話題になると楽しそうだ。

身寄りのない父は、親友である基伸と基伸の母の手を借りながら、春彦を育てた。十二年前に亡くなった基伸の母は、春彦を本当の孫のようにかわいがり、そして躾《しつ》けてくれた。厳しくも優しい人だった。

春彦が四歳になる頃、基伸は結婚した。すぐに篤基が生まれたのだが、基伸の妻は、一年後に篤基を置いて恋人と出奔《しゅっぽん》してしまう。

連絡がきたのは半年も過ぎた頃で、すぐに離婚の話し合いが持たれた。詳しい内容は聞いていないが、とにかく篤基の親権は基伸が持つことになり、元妻は二度と篤基と会わないことを約束したと聞いている。

数年後、春彦の父が病に倒れた。病院に運ばれた時は手遅れで、一カ月もせず息を引き取った。

春彦の手元には、父が残したものがたくさんあった。

本棚に置かれた扇情《せんじょう》的な表紙の本を手に取る。二十歳になった時、基伸が手渡してくれた本だ。遺品の整理をした基伸は、春彦の年齢に合わせて少しずつ本と共に父の思い出を教えてくれた。最後がこの、官能小説だ。

父は小説家だった。出版社に勤務したものの一年で辞め、その後は主に純文学を書いていたらしい。

だがそれだけでは生活が厳しいと、官能小説も何冊か出していた。春彦を育てるためにどんな仕事も引き受けていたのだと、この本を手に基伸は説明してくれた。

父の記憶は、わずかだけど残っている。特に鮮明なのは、繋いだ手の白くて細い感触だ。優しい人だった、気がする。微笑んだ顔しか覚えていないせいだろう。怒られた記憶はなく、ぼんやりとした、だけど幸せな場面だけが断片的に脳に残されていた。父が倒れた時に病室へ通ったはずだが、その部分はばっさりと消去されたように覚えていなかった。

本棚に飾った、父の写真を手にとる。春彦が生まれる直前に撮られたものだ。目が闇に慣れていたので、そのままじっと見つめた。

古いテレビを背に、二人の男が座っている。左にいる、黒髪の男が父だ。

切れ長の目に、薄い唇。色白で細い体は、健康的とはとても言えない。

写真の中にまるで自分がいるかのような錯覚に目を細めた。よく似た顔だと思う。それに、今の春彦の髪型は、写真の父親と同じものだ。父を知る店の従業員にも、年々似ていくのだと言われている。

隣にいる基伸は今より若く、こうして見ると今の篤基によく似ていた。

親友同士が映った写真。父の思い出のために飾っていると、きっと基伸も篤基も思っているだろう。

だけど本当は、違う。二人の笑顔を見る度に、春彦の中にある願いが浮かんでいた。

——微笑む基伸の横にいるのが、自分であったなら。

指先が震える。こんな願いがおかしいことも、父に嫉妬《しっと》する無意味さも分かっていた。

それでも、どうしようもなく胸がざわめくのだ。

春彦は基伸を、父ではなく一人の男として好きだった。いつからかは分からないけれど、気がついた時にはもう、憧れという言葉には収まらない感情を抱いていたと思う。

きっかけは、高校時代の友人の指摘だった。

「名越って、親父と仲良すぎだよな」

昼食をとっている時、授業が終わったら遊びに行こうと誘われた。だけど春彦は基伸と約束があったので断ったところ、友人にそう言われてしまったのだ。

「え、そうかな」

そこで春彦は初めて、周囲の友人たちは皆、親を煩《わずら》わしいと思っているような言動をすることに気がついた。父親との外出を喜ぶ者はいないばかりか、話題すら口にしない。

「うちはほら、色々とあるから」

基伸と血の繋がりがないことを、親しい友人には話していた。そこで友人たちはちょっと困った顔をして曖昧《あいまい》に話を打ち切った。

その日の放課後、春彦は名越屋に顔を出した。接客中の基伸の邪魔をしないようにそっと見つめる。低めのよく通る声で説明している姿は格好良かった。

きっと友人たちは、働く父親の姿を見ていないから邪険にできるのだ。そう納得して基伸を目で追っていると、接客を終えた彼が振り返った。

「おいで、春彦」

優しい声で呼ばれた瞬間、むずむずとした、これまで感じたことがないような喜びに包まれた。手招きされるまま近づいていく。基伸は春彦の背に軽く手を回し、空の色を濃くしたような着物を見せてくれた。

「綺麗《きれい》な色だろう」

「はい」

深いのに透明さを感じさせる不思議な色を、基伸は指先で確認するように撫でて微笑む。

「秋人はこの色がよく似合ったんだ。お前もいつか、似合うようになるだろうね」

その声が、耳から体の内側にまで入ってくる。

基伸が父の話をするのは、もちろんこれが初めてではない。だけどこんな、心の奥が強く擦《こす》られて毛羽《けば》立《だ》つような感覚は初めてだった。

なぜそんなに、柔らかい表情をするのだろう。今この瞬間、隣にいるのは春彦なのに、基伸が見ているのは自分ではない。

こっちを見て欲しい、と思った。その時に気がついた。自分は、この人が好きなのだ。父親という存在ではなく、一人の人間として。

気がついてしまえば、あとはもう想いが募るだけだった。思慕と呼ぶには重たい感情は、それからただひたすら基伸に向かっている。

この想いが、一般的なものではない自覚は持っていた。だからといって、簡単に捨てられるものでもなかった。

これはただの憧れだと、気持ちの封印を何度も試みた。そのために、好きだと言ってくれた女性と付き合ったこともある。けれどうまくいかないばかりか、彼女よりも基伸を優先する自分の気持ちを再確認するだけで終わってしまった。

尊敬と言い聞かせ、どれだけの夜を過ごしただろう。

だけど結局、目が覚めるとまた視線が基伸を追いかける。話しかけられると嬉しくて、鼓動がうるさいくらいになってしまうのだ。

この気持ちが、いつか爆発しそうで怖い。春彦は今、その時が来るのを恐れていた。

一冊の本を手に取り、中から封筒を出す。父が遺《のこ》した本に挟まっていた手紙だ。数年前、本を整理した時に見つけた。

宛先はない。百合の花が描かれた便箋《びんせん》の文面から推測すると、どうやら父は誰かに好かれていたらしい。その気持ちは嬉しいこと、だけど自分は今春彦のことしか考えられず、気持ちに応えられないことが書いてある。父はかなりの悪筆で、読みとるのは大変だった。

　春彦と書かれた部分を、指でそっとなぞる。

　この手紙の存在を知るのは、春彦だけだ。父と自分だけの秘密という、くすぐったい響きを、春彦は気に入っていた。

「春彦」

　篤基に呼ばれる。春彦は手紙を本に戻し、急いで一階へと降りた。

　居間と台所を仕切るために置いた食卓には、既に基伸が座って新聞を読んでいた。彼もまた浴衣姿だ。

　台所にいる篤基が鼻歌交じりに料理を盛りつけている。

「手伝うよ」

「あ、じゃあ、そっちの漬け物を切って出して」

　どこかからもらったらしい大根の漬け物を、まな板の上に載せる。最初は基伸の好みに合わせて、薄く切る。それから徐々に幅を広くし、最後はこりこりとした食感が好きな篤基のために厚く切った。皿に盛り、食卓へ持っていく。

「——はい、お待たせ」

　篤基が全員のご飯を持ってきた。

　三人で食卓を囲む。今日のメニューは、和風ロールキャベツにポテトサラダ、ご飯と味噌汁に漬け物が数種類だ。

「いただきます」

手を合わせてから、青い箸《はし》をとった。それぞれの食器や箸はなんとなく色分けされている。黒が基伸、青が春彦で、篤基は緑だ。

「あー、おいしいけどちょっと味が薄いな」

篤基がロールキャベツを口にして呟く。

「私に合わせてくれたんだろう」

料理は家政婦さんが作ってくれているが、基伸の好みに合わせて薄めに味付けしている。それが篤基には物足りないようで、よく何か調味料を足していた。今日は少し醬油を足して、満足そうに頬張っている。

「篤基、来月の展示会を手伝ってくれないか」

基伸が箸を止めたかと思えば、唐突にそう言い出した。

「ん、いいけど、いつ？　そろそろ来月のシフト決まるから、早めに教えて」

篤基はあっさりと了承した。彼は家業に興味がないというわけではなく、こうして頼まれれば手伝ってくれる。

来月のスケジュールや展示会の内容を説明しながら、食事を終えた。

使った皿類を食器洗浄機に入れ、食後のお茶を飲むことにした。麦茶がいいと基伸が言ったので、グラスに麦茶を注いで氷を浮かべる。それを基伸と篤基、そして自分の前に置いた。

「すみません、少し話したいことがあります」

背を正し、基伸に向かい合って切り出す。リモコンを手に立ち上がった篤基が、春彦に目を向けた。

「なんだい、改まって」

基伸が笑みを浮かべて続きを促《うなが》す。

「ここを出て、一人暮らしをしたいと考えています」

がたん、と音がした。篤基がリモコンを落としたようだ。一瞬そちらに意識を向けた基伸が、再び春彦に向き直る。

「どうしたんだ、突然」

「ずっと考えてたんです。これまでお世話になってきましたが、僕ももう二十六で……」

「世話？　そんなことを考えてたのか」

話を遮《さえぎ》り、基伸が露骨に眉《まゆ》を寄せた。

「私はお前を自分の息子と思っているのに……」

落胆した声に慌てて、春彦は身を乗り出す。

「もちろん、分かっています。今の僕がいるのは、……父さんのおかげです」

どれくらいぶりに、基伸を父さんと呼んだだろう。口にする時にほんの少しだけ、胸の奥が軋《きし》んだ。

「これは、僕のわがままです。これまでずっと甘えてきたから、一度一人で生活してみようと思いました。それだけなんです」

お願いします、と頭を下げた。

「あー、その、だな」

こほん、とわざとらしい咳払《せきばら》いを基伸はした。顔を上げると、彼は言いづらそうにしながらも聞いてくる。

「一緒に暮らしたい女性がいるという話ではないのかい?」

「違います」

改まって問われた内容を否定する。誤解されるのはいやだった。

「そうか。いや、もしそうなら、ちゃんと相手のご両親とお話をしてからじゃないと賛成はできないと思っていたのだが。私が先走りすぎたか」

すまない、と基伸は目尻を下げて笑う。

「お前がそう言うなら、私は反対しないよ。お前も大人だ、好きにするといい」

「はい。ありがとうございます」

頭を下げる。胸につかえていたものがほんの少しだけ分量を軽くした、気がする。

「だけど寂《さび》しくなるな」

基伸が同意を求めた先は、ずっと黙っていた篤基だった。

口数の少なくない篤基が、珍しく何も言わずにいる。じっとこちらを見つめる眼差《まなざ》しは、何かを咎《とが》めるような鋭さだ。

整った顔立ちだけに、その迫力は凄《すさ》まじい。春彦はそっと目を伏せた。

「父さん、風呂に入ったら」

篤基が基伸を促した。

「ああ、そうだな」

基伸が立ち上がり、風呂へ向かう。その後ろ姿が消えてしばらく間をおいてから、篤基がおもむろに口を開く。

「あのさ」

篤基は何かを言いかけた。だが彼は、春彦をじっと見つめると、口を閉じて俯いてしまう。

「どうかしたか」

「なんでも、ない」

明らかな嘘《うそ》だと分かる。だが追及する必要は感じず、春彦はそうかとだけ言って視線を基伸が読んでいた新聞に向けた。

静かだ。音がない分、余計に篤基の視線を強く感じる。

篤基にも、この家がいやになって出るわけではないと、ちゃんと話しておくべきだろう。篤基が春彦を実の兄ではないと知ったのは、彼が小学校の三年生の時だ。名越の親戚から、春彦が養子である事実だけでなく、あることないことを吹き込まれたらしい。篤基は泣きながら春彦に抱きついてきた。兄ちゃん、どこにも行かないで、と。

あれからしばらく春彦と一緒に寝たがったことを思い出す。さすがに成人した彼がそこまで寂しがるとは思ってないが、不機嫌そうな態度が気にかかる。

なんて切り出そうか迷っていると、ピピッという機械音が響いた。食器が洗い終わったらしい。篤基が立ち上がって台所へ行く。

「いい湯だったよ」

基伸が髪を拭きながら出てきた。長風呂を好まない彼の入浴時間はとても短い。

「俺、後でいい。先に入って」

篤基は食器洗浄機から皿を取り出し、棚へと戻しながら春彦に言った。

「じゃあ、お先に」

基伸と入れ替わるようにして、風呂へ向かう。脱衣所で浴衣を脱ぎ、風呂へ足を踏み入れた。

檜《ひのき》で作られた湯船は、大人が二人入っても余裕がありそうなほど広い。シャワーも二つついてる。全身が映る鏡もあった。

シャワーで汗を流して、ラックにかけていたタオルで石鹸《せっけん》を泡立てる。名越屋近くの専門店が作っている石鹸の、ほのかな香りが春彦は好きだった。基伸と同じというのも嬉しい。

丁寧に全身を洗い終えてから、湯船につかった。ゆっくりと手足を伸ばす。

「はぁ……」

ずっと言いたかったことをやっと口にできたのに、ため息が出てしまう。

基伸と家も仕事も一緒では、想いが募るばかりで苦しい。そう思ったからこそ、物理的に距離を置いたらどうかと考えた。そのために貯金もしてきた。不安に思うことなどないはずなのに、なぜか気持ちは晴れなかった。


翌朝、春彦がいつも通り七時に起床すると、基伸が家を出ようとしていた。

「おはようございます。早いですね」

「うん、午前中に向こうへ着きたくて」

艶《つや》のある濃い紫の大島紬《おおしまつむぎ》をまとい、帽子を斜めに被《かぶ》る基伸の姿からは、知的な雰囲気が漂う。粋という言葉がふさわしいと、見上げながら思った。

「そうだ、春彦。昨日の話だけどね」

「はい、なんでしょう」

やっぱり駄目だと言われるのだろうか。身構えた春彦に、基伸が優しく表情を崩す。

「お前が家を出ることは反対していないよ。もしこれから家を探すのであれば、不動産を扱っている知人がいるから紹介しよう。余計なお世話かもしれないけれど、父親としてできることはやっておきたいんだ」

「ありがとうございます。もしかすると、甘えさせてもらうかもしれません」

春彦がそう言って微笑むと、基伸はあからさまにほっとした顔をした。

一緒にいる時間が増えれば増えるほど、惹《ひ》かれていく。もう限界だ。できるなら今すぐにでも、好きだと告げてしまいたい。

「じゃあ、行ってくる。留守は任せたよ」

「いってらっしゃい」

基伸を玄関で見送る。これまで何度も繰り返した朝の風景だというのに、どうしようもなく胸が高鳴って仕方がなかった。

この気持ちを口にできたら、どんなに楽だろう。たぶん本気にされないから、ずっと好きです、と伝わるまで気持ちを吐き出せたならどうなるか。

きっと、すべてが壊れる。抱え続けたせいで色濃くなった感情を、基伸が受け入れてくれるはずがなかった。

なにより大切に育ててくれた恩を裏切りたくない、だからこの気持ちは封印する。――というのは建前だと、春彦は自覚していた。

とにかく、基伸に嫌われたくなかった。基伸は春彦を実の息子のように愛してくれている。その気持ちが失われるのはいやだ。

そのためにはもう適度な距離を保つしかないと、春彦は信じている。

玄関を施錠し、台所へ向かう。冷蔵庫を開け、昨日の残りご飯を取り出した。一膳《ぜん》分をざるで水洗いし、丼によそった。そこに漬物にあられ、わさびを載せてから、冷茶をかける。これで冷たいお茶漬けの出来上がりだ。

夏の朝は食欲があまりないから、これか冷たいスープを飲むことにしていた。

「暑いなー。おはよ」

篤基が欠伸《あくび》をしながら階段を降りてきた。

「おはよう」

「あれ、父さんは？」

「もう出かけた。……篤基も食べるか」

確かもう一膳分のご飯があったことを思い出す。篤基も朝はさほど食べないから、足りるだろう。

「冷たいお茶漬け？　食う」

「じゃあ作っておくから、顔を洗っておいで」

篤基は素直に頷いて、洗面所へと消えた。

食事を中断し、先ほどと同じ手順を繰り返す。出来上がったのと、篤基が戻って来たのはほぼ同時だった。

「ありがとう。……あれ、まだ途中だったんだろ。食べ終わってからでいいのに。ふやけてるじゃん」

「僕はこれくらいの方が好きだからいいよ」

向かい合って食べる。テレビをつけ、天気予報を確認した。今日は曇《くも》り、明日は雨の予報になっている。雨の日は客数が下がってしまうなと考えながら、少しぬるくなった茶漬けを口にした。

「今日は遅いのか」

篤基の問いに、首を横に振る。

「いつも通りだと思う。何かあった？」

篤基が春彦の帰りを気にしたのは初めてだ。どうしたのかと、箸を止めた。

「別に。……ごちそうさま」

いつの間にか、篤基は食べ終えていた。時計に目をやる。何をしていたわけでもないのに、時間がやたらと過ぎていた。

急いで食事を終える。洗面所には篤基がいた。

「何？　歯ブラシ？」

「ああ」

歯ブラシと歯磨き粉を渡された。洗面所の隅で、ひっそりと歯を磨く。

篤基は手にワックスをつけて髪をねじったりひねったりしながら、あっという間に少しくせのある髪を整えていく。出来上がったのは、毛先が外に跳ねた髪型だ。とにかくひたすらまっすぐな髪質の自分にはとても真似できない。

篤基が高校入学時点で並んだ身長は、いつの間にかかなりの差ができている。基伸も追い越し、今では家の鴨居《かもい》をくぐるようにしか入れなくなっていた。

「ごめん、待たせた」

篤基は手を洗い、鏡の前から退けて洗面所を出ていく。

洗面台で口を濯《すす》ぎ、髪には櫛《くし》を通した。販売の仕事において、清潔を保つことは基本だ。

自室で浴衣から、仕事用の着物に着替える。今日は濃いグレーの小千谷縮《おぢやちぢみ》に博多織《はかたおり》のしっかりとした茶色の帯を締めることにした。帯と同色の鼻緒《はなお》がついた草履《ぞうり》があるから、足袋《たび》は薄いグレーにしよう。

足袋を履《は》くと気持ちが引き締まる。長襦袢《ながじゅばん》を着てから長着に袖《そで》を通し、帯を結んだ。崩れがないことを確認し、荷物を手に部屋を出る。夏は着流しで通勤していた。何かあった時のために、羽織は店のロッカーに置いてある。

階段で着替えた篤基とすれ違う。

「いってらっしゃい、兄ちゃん」

「ああ、行ってくるよ」

最近はしなかった呼び方に戸惑いつつ、草履を履いて家を出た。

駅までは歩いて約十分かかる。もっとも、篤基に言わせると春彦は歩くのが遅いので、普通なら七、八分というところだろう。

エスカレーターが苦手なので、階段を使いホームへ向かう。すぐに来た電車に乗り込んだ。

九時を過ぎているせいか、ラッシュは落ち着いていた。そうでなければ、着物で乗るのに躊躇《ちゅうちょ》するだろう。

電車を降りると、店まではすぐだ。人がさほど多くない通りを歩き、店の裏口から中へ入る。

「おはようございます」

既に開店の準備をしてくれている店の従業員に声をかけ、ロッカーに荷物を置く。昨日出来上がった鞄のサンプルを腰に巻いた。仕事に使えるか試してみよう。

店の前の掃除が終わると、開店時間だ。

基伸のためにも、この店を繁盛させたい。自分にできることといったらそれくらいで、恩返しという言葉は恥ずかしくて使えないけれど、努力は惜しみたくなかった。

「いらっしゃいませ」

ドアが開く音に、顔を上げた。入ってきたのは、春彦より少し年上と思われる男性だった。春彦の着物を見て、緊張していた顔がわずかに緩む。

「すみません、初めてなんですけど、……」

少し早口で切り出したこの男性は、和服を着てみたいので相談に乗って欲しいと言った。こういった要望は珍しくない。目的はとにかく和服を着ることだというので、普段どんな組み合わせを好むかを聞いた。

スーツで仕事をする人なら、まずは紺色の長着。帯はネクタイと同じように選ぶこと、それから肌着や小物だ。

「これだと、普段使いもできますのでお勧めです」

衿《えり》を重ねた形状のTシャツは、なごしのオリジナル商品だった。和服の肌着としてだけでなく、そのままでも着られるので、とても人気がある。

「最初から全部、揃えなくてもいいんですよ」

だいぶ口調が砕けてきた男性に、代用できるものはそれでいいと説明した。春彦のように普段から和服で過ごす人間ならともかく、最初から全部を整えるのは金銭的にもハードルが高い。

「え、そうなの？」

「これだとこっちの組み合わせが好きだな」

男性の好みに合わせて商品を選んでいく。小柄な彼には細めの帯がいいだろう。

男性は和服を着るにあたって最初に必要な一式を買い、上機嫌で帰って行った。

「何かございましたらお気軽にどうぞ。……ありがとうございました」

見送るために外へ出て、太陽の位置が高いことに気がついた。どうやら二時間近く接客をしていたようだ。

「お疲れさまでした」

店に戻ると、女性社員がお茶を持ってきてくれる。

「ありがとうございます」

店裏の事務スペースで乾いたのどを潤《うるお》す。ほっと一息ついたところで、届いた商品を検品していた女性社員が声をかけてきた。

「店長が注文した長襦袢が仕上がってきましたよ」

「え、もうですか。早かったなぁ」

冬に着る長襦袢は、女性用の生地で仕立ててあった。初めて作ったのは淡い桃色で、温かく着物と合わせやすくて気に入った。今年は色違いで何着か仕立てるつもりで、まずは生成《きなり》のものをお願いしたのだ。

「優しい色ですね」

「これだとどんな色にも合わせやすいと思ったんです」

一級和裁士の資格を持つこの女性は、基伸の父親の代から名越屋で働いている大ベテランだ。春彦はおろか基伸も頭が上がらない。

なごしでは、彼女の発案で希望者に仮縫いというサービスを始めていた。本仕立ての前に一度、仮仕立てしたものを顧客に着てもらい、微調整をするのだ。これで体型にぴったりと合う着物を仕上げることができる。

別料金ではあるが人気のサービスで、特に何度か購入された顧客の利用が多い。今では名越屋本店でも導入されている。

長襦袢の確認をしてからお茶を飲み干し、仕事に戻った。

帯をビニール詰めする。帯を持つ手はそのまま、ビニールを動かすとするすると気持ち良く収まってくれた。

次に広げた反物を巻く。反物をうまく巻くことができてやっと、呉服屋として一人前だ。薬指と小指を使い、反物を跳ね上げるように巻いていく。

大学入学と同時にアルバイトを始めた春彦でも、広げた反物を巻く時はわずかに緊張する。それでも余計な力が入るとうまくできないので、軽く呼吸を整えてから巻くようにしていた。

そっと反物の表面に触れる。良いものを触り、指で覚えていく。それも大事な仕事のひとつだ。もっとも、この店で扱うのは価格を抑えたものが多いので、本店よりは反物に触れる機会が少なくなっていた。

そのため、指が上質なものを忘れないように、週に一度は名越屋本店に顔を出している。日々、勉強は続く。それでも春彦はこの仕事が好きだ。そしてなにより、基伸に褒められることは、春彦にとって最大の喜びだった。


「ただいま」

春彦が仕事を終えて帰宅すると、自宅には電気が点いていた。だけど返事はなく、篤基の気配もしない。夕食は用意されていたが、食べた形跡もなかった。

出がけに篤基が帰る時間を確認したのはなんだったのかと首を傾げつつ、自室で浴衣に着替える。

食事の前に、冷えた麦茶を飲む。一人で食べるとおいしいものも味気なく感じ、食は進まなかった。

洗いものを終えると、鞄に入れてあった文庫本を手に取る。なかなか読む時間がなくて進まない本は、春彦の父が書いた純文学だった。

「なんだ、帰ってたのか」

居間に篤基が入ってきた。Tシャツにハーフパンツという格好からすると、近所に出かけていたのだろう。

「ああ」

読んでいた本を閉じる。おかえりというタイミングを逃してしまった気がして、なんだかすわりが悪い。

篤基は手にしていた袋をソファに置いた。濃い色のビニール袋は、近くにあるドラッグストアのものだった。

「なあ、昨日の話、本当なのか」

ソファではなく、春彦の足元に腰を下ろした篤基が聞いてきた。

「昨日の話？」

「ここを出ていくって話」

あぐらをかいた篤基が、春彦を見据《みす》える。

「そのつもりだよ」

彼とはちゃんと話しておきたいと思っていた。春彦が姿勢を正したその時、篤基が低い声で言った。

「いやだ」

「……え？」

「ここを出ていったら、他人になるんだろ。そんなの駄目だ」

「他人って……。何を言い出すかと思えば」

まるで子供のような口調に、小さく笑った。体は大きくなったのに、こんなことを言うなんて幼い頃とあまり変わっていないように見える。

「僕は篤基を弟だと思っているよ。ここを出てもその気持ちは変わらない」

そんなことを気にしていたのか、と続けるつもりだった。篤基が口を開くまでは。

「俺は、あんたを兄とは思ってない」

「えっ……」

突然殴《なぐ》られたような衝撃に、呼吸も瞬《まばた》きも忘れた。まさか篤基にそんなことを言われるなんて、想定もしていなかったのだ。

幼い頃から、篤基とは一緒にいる時間が長かった。血の繋がりはなくとも、仲の良い兄弟だったと思う。少なくとも、春彦はそう思っていた。

だけど篤基は違った。

「そ、そう。ごめん……」

何に謝っているのかも、分からなかった。自分が信じていたものが根底から覆《くつがえ》された衝撃に、頭の中がぐちゃぐちゃになる。

「なんで謝るんだよ」

「だって、その……ごめん」

他に言葉が浮かばない。

「そうやってすぐ謝るの、やめろ」

篤基はがしがしと乱暴に頭をかいた。それは気に入らないことがある時の彼のくせだった。

「でも……ごめん」

きっと自分は、篤基が気に障《さわ》るような何かを無意識の内にしていたのだろう。自覚がないのが情けなかった。

「謝るなって言ってるだろ」

篤基が声を荒げる。

それなりの反抗期はあったけれど、篤基は基本的に優しい性格をしている。その彼が、こんな態度を自分に向けたのは初めてだ。

怯えるあまりまたごめんと言いそうになり、口を噤《つぐ》む。篤基はふぅ、と息を吐いてから、春彦に顔を向けた。

「俺はずっと、春彦を見てきたんだ。あんたが誰を好きかくらい、分かってる」

何を言い出すのかと、目が泳いだ。篤基は口元を緩め、ゆっくりと噛《か》んで含めるように言った。

「……父さんのことが、好きなんだろ」

全身から、一気に血の気が引いた。震えそうな指先を、篤基が包む。

「い、いきなりなんの話だ……」

必死で隠していたのに、なぜ篤基は知っているのか。自分をじっと見つめる瞳がすべてを知っていそうで恐ろしい。

「そうやって誤魔化《ごまか》しても無駄だよ」

小さく笑った篤基は、春彦の指先を強く握った。

「父さんはなんて言うかな。息子にずっと好きだって言われたら、普通は驚くだろうね」

「それは……」

許されない想いだと分かっている。だからこそ、胸に秘めていたのだ。

息子として育てた春彦に恋愛感情を持たれていることを知ったら、基伸はどんな反応をするか。何度か想像したけれど、答えは見つからない。

「俺、話しちゃおうかな」

「やめてくれっ」

耳を塞《ふさ》ぐ。その手を篤基が押さえた。

「父さんにばれたくない？」

「……ああ。言わないで、くれ」

頼む、と続けた声が、自分でも惨《みじ》めなほど震えていた。

とにかく、基伸に避けられるのだけはいやだ。彼に嫌われたら生きていけないと、春彦は本気で怯える。

「いいよ」

篤基はやけにあっさりと言った。微笑む彼を見つめる。その瞳には、いつもと違う輝きがあった。

「その代わり、条件がひとつある」

「なんだ？」

どんな条件だろう。無意識に身を乗り出した春彦に、篤基は顔を寄せてきた。

秘密を守ってもらうためなら、なんでもする。もし篤基がこの家に留《とど》まれと言うならばそうする。基伸のそばにいて気持ちを抑えるのは大変だけれど、彼自身にこの想いを知られるよりはいい。

「俺の言うことを聞いてくれ」

「？　それだけ、か」

予想よりも簡単な答えにそう聞き返す。篤基は頷き、春彦の顎《あご》にそっと指をかけた。

「あんたが欲しい」

真っ直ぐ、射抜くように見つめる眼差しに動けなくなった。なぜこんなに熱のこもった視線を自分に向けるのか。何が欲しいのか。篤基の言動が分からない。

「ねぇ、この浴衣、脱いで。ここに立って、俺の前で」

甘えた口調で浴衣の右袖が引っ張られた。

なぜ篤基の前で脱ぐ必要があるのか。黙っていると、顎から指が離される。小さなため息が聞こえた。

「父さんに話すよ。あんたがずっと、父さんを好きだったこと」

「……分かった」

兄弟で恥ずかしがることではないだろう。そう自分に言い聞かせて、立ち上がる。

篤基の前で、帯を解く。肩から浴衣を落とす。床に浴衣が落ちる音が、部屋に響いたような気がした。

これで春彦は下着姿だ。着物の時にシルエットが響かないように、普段はぴったりとしたボクサーパンツを愛用していた。

「脱いでよ、全部」

「え？」

篤基の目は、春彦の下着に向けられている。

「これも？」

「もちろん」

分かったと頷いて、ボクサーパンツの縁に指をかける。篤基の視線が張りつくようで脱ぎづらい。

だが小さい時は一緒に風呂に入っていたし、去年も家族で温泉に行った。恥ずかしがる必要はないだろう。

自分に言い聞かせ、できるだけ自然に、下着を脱ぐ。足を引き抜こうとした時、篤基と目が合った。

「っ……」

弟として育ってきた篤基とはいえ、やはり目の前で下着を脱ぐのは抵抗があった。しかもここは居間だ。裸でいるべき場所ではない。そもそも人前でこんな形で脱ぐのは初めてだ。

とんだ辱《はずかし》めだった。筋肉がつきにくく、色も白い自分の体は、男らしいとはとても言えない。大柄な篤基からすれば、みすぼらしいものだろう。

「ね、こっち向いて」

篤基に言われ、顔を向ける。頬を緩めた彼が、春彦に手を伸ばした。

「へぇ。こんな形、してるんだ」

「……おいっ」

彼の手が触れたのは、思いもよらない場所だった。

「何をするっ……」

「え、この状況でそれを聞くの？」

篤基は笑いながら、春彦の性器を右手で包んだ。いきなり急所を握られて、春彦は逃げようにも逃げられない。

「あんたを抱く」

「……は？」

抱く。その言葉の意味が分からず固まっていると、篤基は満面の笑みを浮かべた。

「あんたを俺のものにするんだよ」

「うわっ」

いきなり肩を押され、バランスを崩した体がソファに沈む。そこへ篤基が覆い被さってきた。

「離せっ。篤基、何をするつもりだ」

篤基の肩越しに天井が見える。ありえない体勢から逃れようにも、肩を押さえつけられて動けない。足をばたつかせても効果はなかった。

「暴れるなよ。俺の言うことを聞くって、約束だろ」

「だからって、お前……こんなこと……本気でするつもり、なのか」

ここまでくれば春彦にだって、欲しい、抱く、という言葉が何を意味するかくらい想像できた。ただ自分たちは同性で、そして兄弟として育っただけに、すぐには信じられない。

「当たり前だろ。分かってるさ、全部。だからこのチャンスを逃せない」

「チャンス？」

「そう。俺はこうして、二人になれる夜を待ってたんだ」

篤基はそう言って、春彦の体を見下ろした。じっとりと湿った視線が肌を撫でていく。

「……なんか、いやらしいよな」

体を隠そうと丸めた。誇れる肉体ではない自覚があるだけに、観察されるような目で見られるのは恥ずかしい。

「隠すなよ。全部見せろ」

手首を摑《つか》まれ、ソファに押しつけられた。篤基の視線が、春彦の体のパーツをひとつひとつ確認していく。羞恥から肌が粟立《あわだ》ち、寒気にも似た震えが走った。

「乳首、ちっちゃいんだ。……かわいい」

手を握っていた指が離れる。篤基は春彦の胸元を見下ろし、かすれた声を上げた。

「やっめ……」

顔を近づけてきた篤基が、乳首に吸いつく。

「あぁっ」

小さな突起は、唇で包まれた瞬間に硬くなる。反対側は指の腹で揉《も》まれ、存在を主張するように育っていった。

「んっ……」

円を描くように動く指が、尖らせた舌が、これまで意識もしてこなかった部分に触れる。音を立てて吸われ、体が跳ねた。

触れられた部分からわき上がる熱が、下半身へ向かっていく。胸への愛撫でこんなに感じてしまったのがいたたまれない。

どうにか隠したくて足を閉じようとしたけれど、篤基の足に阻《はば》まれた。男の体は快感を隠せないのだと、初めて思い知った。

「気持ちいい？」

両手の指で乳首を転がすように弄《いじ》りながら、篤基が顔を寄せてくる。

「っ……」

啄《ついば》むようなキスをされた。しっとりとした唇の感触と、目を閉じた篤基の嬉しそうな顔に戸惑い、つい目を閉じてしまう。

唇の表面を押しつけられた後、上唇を強く吸われた。そうしてできた隙間から舌がねじ込まれる。

「うっ……」

ぬるりとした柔らかな感触から逃れようとしても、頬を包まれ固定されていて叶《かな》わない。動きを封じられた状態で舌を出し入れされ、背筋に震えが走った。

咄嗟《とっさ》に宙を摑んだ手が、行き場をなくしてソファに落ちる。

「ん、んっ……！」

口内を舌先でくすぐられて、たまらず身をよじった。

唇を離した篤基が、親指で春彦の唇を撫でる。

「あんた、口の中が弱いみたいだな」

「っ……」

当たり前のように押し込まれた親指が、頬の内側を擦る。硬い指の感触に眉を寄せた。どうにか舌で押し出そうとしたけれど、かえって表面を撫でられて呻《うめ》く羽目になる。

いっそ嚙んでしまえばいいと、頭では思う。だけどそれを実行できるような攻撃性を、春彦は持ち合わせていなかった。

「うっとりした顔してる。感じてるんだ？」

くすくすと笑いながら、篤基の指が口内を探る。粘膜を擦る動きが不快だ。溢《あふ》れる唾液も飲み込めなくて、口から零《こぼ》れ落ちてしまう。

「うっ……」

引っ張り出された舌を、篤基が舐《な》めた。彼の舌は春彦のそれよりも厚みがあって、ひどくいやらしく感じる。

篤基が顔を上げ、口元を拭う。すっかり乱れた呼吸を整えている間に、篤基の興味は下肢へと移動していた。

「昔から色が白いよな……」

下腹部を撫でながら篤基が囁《ささや》く。色が白いのは事実だけど、こんな風に言われると途端に恥ずかしく感じてしまう。

「ずっと、こうして触れたいと思ってた」

うっとりとした声を上げながら、篤基が体の位置を下げていく。

「こっちの毛もさらさらなんだ。色が白いからやけにエロいよ」

体毛を指に絡めて緩く引っ張られる。それから彼は、すっかり昂《たかぶ》っている春彦の性器に触れた。

「こんなに大きくなってる」

篤基の手に包まれ、そこが脈打ち膨《ふく》らむ。

「気持ち良くしてあげる」

そう言って篤基は、春彦の足の間に顔を寄せた。口を開く彼を呆然《ぼうぜん》と見つめる。彼が何をしようとしているのか、すぐには分からなかった。

「や、めっ……！」

下肢に唇を近づける彼を制止しようと伸びた手は、篤基の髪を掴んだだけで終わった。

「ん、ぁ……」

性器が、飲み込まれる。包み込む柔らかく濡れた感触に目眩《めまい》がしそうだ。更に篤基は、尖らせた舌で先端の窪《くぼ》みを抉《えぐ》る。

「……いや、だ……」

異性相手との経験は一応ある。だけどこんな行為をされたのは初めてだ。自分は誰かに触れる側であり、触れられる場面を想像したことすらなかった。

「やっ……！　駄目だ、……ひっ……」

くびれを舌でくすぐられる。帰宅してまだシャワーも浴びてない状態なのに、そんなところを舐められては正気でいられない。

窄《すぼ》めた唇で扱《しご》かれてのけぞった。下半身に血が集中し、頭がふらふらする。

自分の体の大事な部分を、無防備に預ける形になっていた。歯が当たるとそれだけで怖くて、だけど性器は一向に萎《な》えることなく育っていく。

「大きくなったな」

昂《たか》ぶりを口から外した篤基が笑う。彼の言う通り、それは既に限界近くまで膨らんでいた。篤基の唾液に濡れてぬらぬらと光るのがひどく卑猥《ひわい》で、自分の体の一部とは思えない。

ソファに膝をついた篤基が手を伸ばし、放り出していたドラッグストアの袋をとる。中から一本のボトルを取り出して軽く振る彼の仕草に目を奪われた。

一体なんだろう。春彦の視線に気がついたのか、篤基が小さく笑った。

「ローションだよ。これ使わないと、どっちも辛いだろ。俺、痛いの得意じゃないから」

どっちも辛いとか、痛いとか、篤基は春彦の理解の範疇《はんちゅう》を超えた言葉ばかりを口にする。戸惑いと混乱のあまり言葉を失う春彦に、篤基があれ、と首を捻《ひね》った。

「もしかして、ローション使ったことない？　結構いいぜ。ほら」

ボトルが下半身に向けて傾けられるのを、春彦は呆然と見るしかなかった。

「ひっ、……冷たいっ……」

昂ぶりに向けて降り注がれた液体は、体温よりもかなり冷たかった。ぬめった感触が熱を包む。

「ん、じゃあこうやって、ね……」

篤基の右手が昂ぶりを包み、上下に軽く扱く。たったそれだけで、腰を跳ね上げてしまうほどの快感に襲われた。

「やっ、何っ……」

「気持ちいいだろ？」

篤基の言う通り、春彦は感じていた。閉じられない唇から唾液が溢れる。くちゅくちゅと濡れた音を立てて上下する篤基の手の動きに合わせるように腰も揺らす。呼吸が乱れ、視界も潤んできた。

感じていることが隠せない体が恨めしい。

「……？」

力が抜けていた足を、大きく広げられる。恥ずかしさに閉じようとしたけれど、篤基に押さえ込まれてしまった。濡れた手が膝を摑む。そうするとろくに動くことができないばかりか、下肢に力が入らなくなってしまった。

しかも篤基からは、秘めた場所までが丸見えになっているだろう。何も隠せない体勢への羞恥で、全身が発火しそうだ。

「たまんねぇ」

篤基の息が、足の奥にある窄まりにかかった。

「こんなとこまで綺麗にできてるのか……」

「やめ、見るなっ……！」

眼差しに、犯される。本来なら人に見せるはずのない、恥ずかしい場所を視線が舐めていった。

篤基は手のひらにボトルを傾けると、指を一本一本、丁寧に濡らす。

なぜそこまで濡らすのか。理由を考えたくなくて、春彦は目を閉じて後頭部をソファに預けた。

「うっ……」

信じられないところに指が触れて、春彦の体が竦《すく》む。

「やめっ……」

自分ですら触れたことのない後孔を、濡れた指が撫でる。ぬるついた感触は、決していいものではなかった。鳥肌が立ち、震えが止まらなくなる。

「温かいな、ここ」

「ひっ」

埋めた指を馴染ませるようにゆっくりと動かしながら、篤基が呟く。

「しかも柔らかい。すごく気持ちが良さそうだ。なんか、これで濡らすの、もったいない」

濡れた指が窄まりの縁にかかる。体を押し開かれた次の瞬間、だった。

「……篤基？」

顔を寄せる篤基に、いやな予感がした。だから咄嗟に手を伸ばし、彼を止めようとしたのだ。だけどそれは、遅かった。

後孔に、指よりも柔らかくて濡れたものが、押し込まれる。

「ふぁぁ！」

ねじ込まれたのは篤基の舌だ。くちゅっと音を立てて中を舐められ、春彦はたまらず叫んだ。

「やめろ、汚いっ……」

身をよじって逃げようにも、いつの間にか腰をがっしりと掴まれてしまっては敵《かな》わない。

だけどこんなこと、耐えられない。篤基の髪を掴んでどうにか引き離そうとしたけれど、その手を煩わしげに払われた。

「いやだっ……離せっ……ひゃっ……」

舌先で窄まりの表面を丹念に濡らされる。押し広げられた内側を舌先で抉られると、体から力が抜けた。

痛みも違和感もゼロではない。だけどそれ以上に、もどかしいようなくすぐったいような感覚が春彦を包む。

「駄目、篤基っ……」

それでも必死にやめてくれと訴《うった》える。羞恥で全身が燃え上がりそうだ。

ぬかるんだ音が室内に響く。執拗《しつよう》にほぐされたそこは慎みを忘れ、篤基に唆《そそのか》されるままに柔らかくなっていく。

「……やっ……め……」

やがて指も埋められ、中を探り始める。舌と指で窄まりを広げられ、小さく悲鳴を上げた時、だった。

「ああっ……!」

篤基の指が、内側のわずかな隆起に触れた。途端に押し出されるようにして、甲高い声が口から飛び出す。

慌てて手で唇を覆っても、もう遅かった。篤基のまとっている空気が柔らかくなるのを感じ取り、心音が跳ね上がる。

「ん、ここがいいのか?」

そこを撫でられ、爪を押し当てひっかかれた。それだけで全身にびりびりと痺《しび》れが走り、春彦は息を詰めた。

「も、なん、で……こんな……」

顔を両手で覆い隠す。自分の身に起きている現実が、未だに信じられなかった。

基伸への気持ちを秘密にするのと引き換えに、篤基の言うことを聞くと約束した。だけどまさか、こんな風に弄られるとは思ってなかった。

「そんなに、……僕が、いやか……」

惨めだった。乳首や体の内側で感じて、声を上げてしまう自分が。

「何を言ってんだよ」

顔を上げた篤基が声を荒げる。指が引き抜かれ、最奥が苛《さいな》んでいたものから自由になった。

「好きだからに決まってるだろ」

篤基の声は震えていた。彼は両手をぎゅっと握り、好きだ、と絞《しぼ》り出すように言った。

「子供の頃からずっと、あんただけが好きだ」

「篤基……」

縋《すが》るように抱きついてきた体から、彼の緊張が伝わってくる。

言いたいことがたくさんありすぎて、どれから口にすべきかも分からない。ただ今、彼を引き離すことだけは、できそうになかった。

篤基の気持ちを、いやだとは思わない。思いたくない。勘違いとして片付けられもしなかった。

だって、篤基を否定することは、自分の基伸への気持ちを否定することに繋がってしまう。兄弟と親子という違いはあれど、同性の家族に恋心を抱いたという点では、自分も篤基も同じだ。

だからこそ、お互いの気持ちが通じていない行為を止めたかった。こんなこと、合意でなければしてはいけない。

「あんたと血が繋がってないと分かった時、俺は悲しかったよ」

春彦が基伸に引き取られた時、篤基はまだ三歳だった。兄弟と言うものがよく分かっていなかったようで、自分たちに血の繋がりがないことを理解したのは、それから何年も経ってからだ。親戚から聞かされるという、あまり好ましくない知らされ方だった。

「いつかあんたがここからいなくなっちゃうんじゃないかって不安だった。俺にとって、あんたは大切な人だったから。そこで気づいたんだ。俺は兄だろうとなんだろうと、あんたが好きだって」

だけど、と篤基は春彦の肩を摑んだ。

「あんたは、いつだって父さんのことしか見てない。俺が、どんなに見つめても。いいんだ、そんなことはずっと、分かってたから」

そこで篤基は自嘲《じちょう》気味に笑い、肩を竦めた。

「本気で父さんに告白するつもりなら、俺は応援したよ。だけどあんたはそうせず、ここを離れて逃げようとしてる」

そうだろ、と鋭い眼差しに問われる。春彦は何も言えずに黙り込む。

「だから俺はもう、我慢しない。あんたを俺のものにする」

篤基はTシャツを脱ぎ捨てる。焼けた肌は汗ばんでいて、ひどく艶《なま》めかしい。下腹部は羨望を覚えるほど引き締まっていた。

春彦の視線を気にせず、篤基は穿《は》いていたハーフパンツを下着ごと脱ぐ。咄嗟に目を背けたものの、視界には彼の昂ぶりが入ってしまった。

ひどく猛々《たけだけ》しいそれは、春彦自身のものとはまるで違った。先端が赤黒く充血し、筋がくっきりと浮き上がっている。先端の窪みからは透明な体液が溢れ、太い幹を伝い落ちていた。

篤基は無言で春彦の両足を広げた。そして最奥に、指とも舌とも違う、硬いものが押し当てられる。

「うわっ、やめろっ……」

そこに宛《あて》がわれたものが何か、分からなければ少し楽だったかもしれない。だけど春彦は、その硬くて熱いものが篤基の性器だと、理解していた。

ただこれを現実だと認めることを、脳が拒否する。だってこんなの、同意なしでしていいことじゃないのに。

「うっ……」

受け入れるようにできてはいないそこを、硬い棒がこじ開ける。痛みより恐怖が先に立ち、体が強張った。

弟と思っていた篤基と、繋がろうとしている。踏み越えてはいけないと信じてきた領域を犯される恐怖に震えた。

「きつっ……少し力を抜いて」

宥《なだ》めるように額にキスが落ちた。だけどそんな簡単に力は抜けない。

「ああっ」

窄まりの縁ごと押し込むようにして、昴ぶりが入ってくる。あまりの太さに痛みが走り、春彦は唇を噛む。

「はぁ、……やばい、気持ちいいっ……」

篤基の指が無造作に窄まりの表面に触れる。縁を巻き込むようにして昴ぶりが奥へと進む。引きつれるような痛みに呻いて背をしならせたその時、篤基の左手が、春彦の乳首に触れた。

「はひっ……」

いきなりの刺激に驚いて、変な声が出てしまった。意識が逸《そ》れたその瞬間を狙《ねら》っていたのか、篤基が腰を進める。太い部分がきつい場所を抜けたのか、ほんの少しだけ呼吸が楽になった。

「……もう少し、だから……」

「うっ……」

それでも苦しいことには変わりない。圧迫感に口の開閉を繰り返す。全身から汗が吹き出し、前髪が額に張りついた。

篤基は決して急がず、しかしやめてもくれず、ゆっくりと奥を暴いていく。

ありえない行為を強要されている場所が、じんじんと痺れる。撫でるように擦る昂ぶりから熱が伝染し、体温が上がっていく。

「も、う……やめっ……」

狭い場所を押し広げる痛みから逃げようと、身をくねらせた。体が窄まりから裂けてしまいそうで怖い。

「もう少し、だから……」

「……うっ……あぁっ」

指が届かなかった場所を抉られ、たまらず篤基に縋る。張りつめた肌と筋肉の感触に息を飲んだ。

熱が、伝わる。発火しそうな恐怖に襲われ、篤基にしがみつきその背に爪を立てた。

「すげぇ、きつすぎ……」

篤基が呻く。春彦だけでなく、彼も苦しそうだ。こうまでして繋がろうとする自分たちは、きっともう正気じゃない。

そもそも兄弟として育ってきた二人がこんなことをする時点で、おかしいのだ。

だけどそのおかしさは、春彦を苦しめはしなかった。むしろしてはいけないことをしているという背徳感が、体を内側から熱くしている。

これを人は、興奮と呼ぶのだろう。そうじゃなきゃ、こんな状況でも萎えずにいられるはずがない。

「んっ、あ……！」

粘膜をゆっくりと擦られる。ぞわぞわとした、快感と呼ぶには鮮烈すぎる痺れに包まれて、全身が硬直した。それでも篤基は容赦なく、奥まで体を進めてくる。

「うっ」

窄まりの縁に衝撃を受けた。篤基が小刻みに体を揺らしている。少しだけ呼吸が楽になり、春彦は篤基から手を離した。

お互いの乱れた呼吸が室内を満たす。春彦は静かに目を閉じた。

体の奥にいる篤基を強く感じる。ほんの数時間前までは、こうして彼とひとつになるなんて想像もしていなかった。なんということだ。

いくら彼が自分を好きと言っているとはいえ、春彦はこの行為に同意していない。だから止めなきゃ駄目と思うのに、体が裏切る。もっと欲しい、感じたいと願うふしだらな本能が、春彦を内側から苛んでいた。

「すげぇ、奥まで入ってる……」

ほら、と篤基が腰を回した。奥に向かう動きしか知らなかった粘膜は、急な刺激に驚いて収縮する。

「っ……はぁ、なんだよ、これっ……」

春彦の腰に手をかけた篤基が体を引く。粘膜ごと引きずり出されるような感覚に、全身の血液が逆流したみたいになって震えが止まらない。

「ああっ……！」

感じた声が勝手に出てしまう。

「ここ、いいのか？」

篤基の動きが変わる。春彦は返事をするように、彼の腕を摑んだ。

「な、気持ちいい……？」

篤基は春彦の昂ぶりを右手で摑んだ。根元から扱かれたそこは、喜ぶように先端から蜜を溢れさせた。

「すげぇ、べたべたでぐちょぐちょ。感じてるんだ」

痛いくらいの強さで握られた欲望が、弄《もてあそ》ばれる。先端の窪みを親指で擦られ、春彦は悲鳴を上げた。

「……ここから出て行くなんて、もう言わせないからな」

篤基が唸《うな》るように言い、突く速度を上げる。指で探られた時に感じた場所をぐりぐりと抉られ、息が止まった。

「ああっ」

これまで自分の体だと認識したことがないほどの深みを暴かれて、目の前に火花が散る。あまりの気持ち良さに、意識が一瞬、遠のいた。

「は、ぁっ……」

硬度の違う粘膜が擦れ合うだけで、どうしてこんなに感じてしまうのか。神経を直接かき乱すような快感に包まれ、春彦は頭をうち振った。

「っ……ああ、たまんねぇ……」

篤基の動きは激しさを増す。乱暴な抜き差しについていけない春彦は、ただ翻弄《ほんろう》されるまま声を上げ続ける。

「っ……、あ……」

春彦の頬に、滴《しずく》が落ちた。

顔を上げる。ソファに手をついた篤基が、春彦を欲情に濡れた目で見下ろしていた。肌に落ちたのは、彼の汗だったのだろう。

呼吸は荒く、唇も薄く開いて苦しそうだ。

だけど彼は、春彦の唇に自分のそれを重ねながら、気持ちいい、と言う。その言葉を証明するように、内側を苛む熱は力強く存在を主張していた。

「っ……はぁ、春彦の中、よすぎて……まずい」

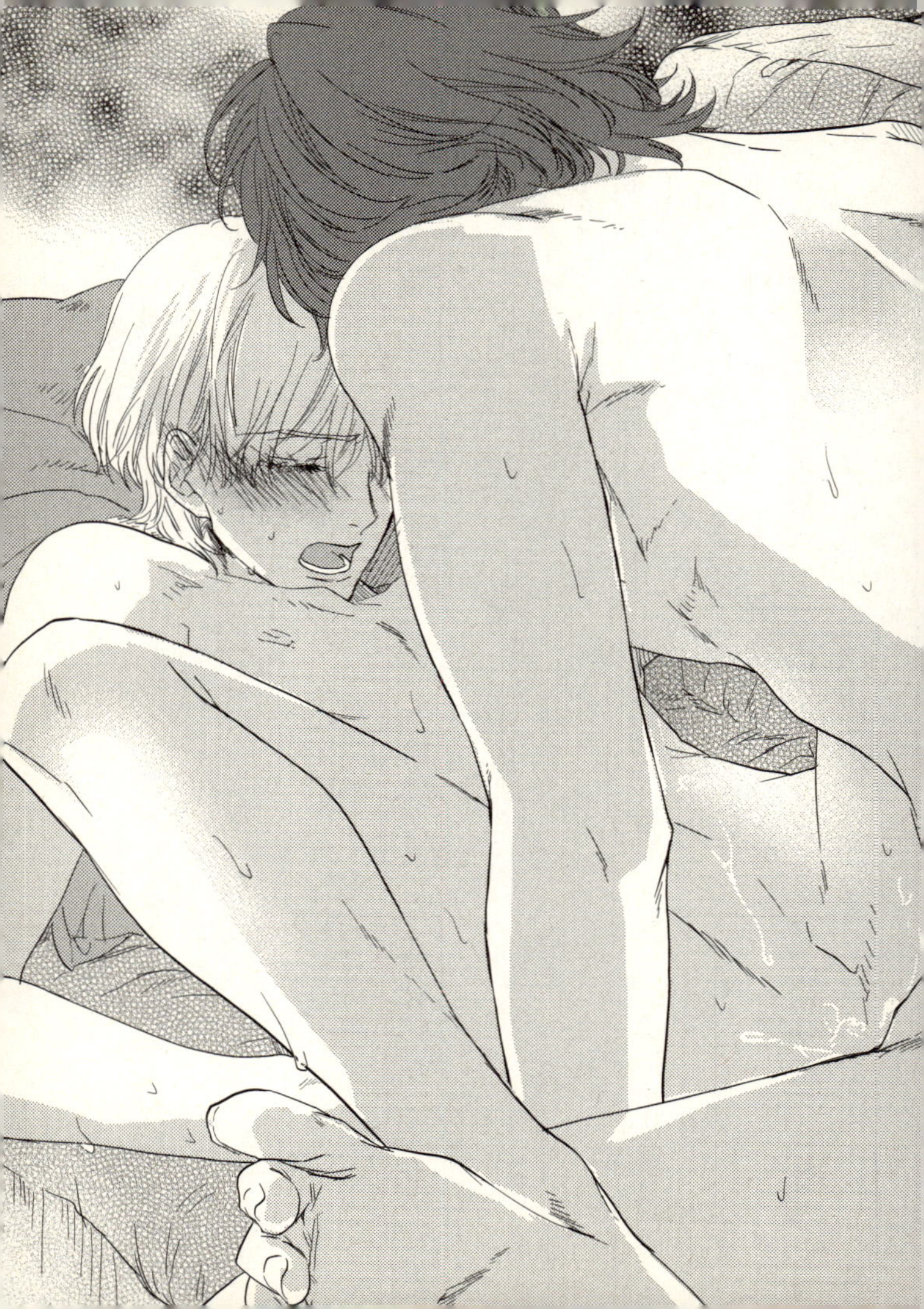

篤基が腰を震わせた。

この体で、彼がこんなにも興奮し、夢中になっている。その事実を目の当たりにして、体の芯が痺れた。

「なあ、言ってくれよ。出ていかないって、ずっとここにいるって……言えよ！」

叩きつけるように腰を使いながら、篤基が迫る。

そんなに言葉の約束が欲しいのだろうか。それで彼は、満足できるのか。

「っ、あっ……」

答える余裕もなく声を上げていると、篤基が動きを止めた。さっきまでの激しさからの落差に驚き、どうしたのかと目を開ける。

すぐそばに、篤基の顔があった。吐息が唇にかかる距離で見つめられる。

「父さんにばれたくないよな」

春彦の頬を撫でた篤基に、優しく問いかけられた。

「出ていかないって約束するね、兄ちゃん？」

「うっ……」

子供の頃のような呼び方が、春彦を揺さぶった。

「分かった、やめる、から……もう、許してくれっ……」

篤基がふぅ、と深い息を吐いた。それだけでも体を繋げたままの春彦にはかなりの刺激で、じっとしてられず体が揺れてしまう。

「ああ。……これで、あんたは、俺のものだ」

かすれた声で囁かれ、奥を貫く律動が激しくなる。

「ほら、いけよ」

弱みを抉られると同時に、昂ぶりをきつく扱かれる。あっという間に高みへ引き上げられ、そして放り出された。

「あ、っ……」

昂ぶりから熱が飛び散った。腰を揺らして篤基の下腹部を汚しながら、春彦は唇を嚙んだ。

気持ちがいい、はずだ。だけどなぜか目の奥が潤んで、眦《まなじり》から何かが零れ落ちている。

「っ……俺も、いくっ……」

篤基の動きが止まる。体の奥深くに迸《ほとばし》る彼の欲望を感じながら、春彦は意識を手放した。

賑《にぎ》やかな音が聞こえ、いつもは人通りの少ない家の前の道路にたくさんの人が歩いている。近所の神社のお祭りが始まったのだ。

人の流れに逆らうように、春彦は家路を急ぐ。部活が終わるのがいつもより遅かった。きっと篤基が待っているだろう。門を開けて玄関へと急ぐ。

「ただいまー」

「おかえり、兄ちゃん」

篤基が飛び出してくる。

「ね、どう？」

浴衣を誇らしげに見せた篤基の頭をぽん、と叩いた。

「すごいな、一人で着られたのか？」

「うん」

基伸が篤基のために用意した浴衣は、紺色のトンボ柄だ。篤基は気に入っていて、初めて見た時から早く着たいとこの日を楽しみにしていた。

本来なら春彦が帰って来てから着せるつもりだったのだが、何度か着ている内に篤基は着方を覚えてしまったらしい。ちゃんと着られている。

「じゃあ僕も着替えてくるよ」

「早くね！」

分かってる、と返事をしてから、自室で着替える。既に昨夜の時点で祭りの用意をしていたから、あとは着るだけだ。

春彦の浴衣は、落ち着いた灰色の縞柄だ。子供っぽく見えなくてとても気に入っている。鏡の前で確認していると、篤基が顔を出した。

「もう行ける？」

「ああ、行けるよ」

目を輝かせている篤基に微笑みかけ、手を取った。

「いいかい、人が多いから、僕と手を繋いで行くんだよ。迷子にならないようにね」

「うん」

大きく頷いた篤基が、春彦の手を引っ張る。

「じゃあ行こう」

篤基と共に階段を降りる。玄関にはもう下駄が用意されていた。

「痛くないね？」

篤基の下駄を確認してから、再び手を繋ぐ。玄関のドアを開けた瞬間、そこにあるはずの庭も門もなく、ただまっ黒な空間が目に入る。

「行こう」

篤基にぐっと手を引っ張られる。何も見えない、真っ黒な方向へ。

そっちに行っちゃ駄目だ、篤基。

声にならない言葉は届かない。篤基は楽しそうに進む。その手を引こうにも、力が入らない。

篤基の浴衣が、闇に溶けていく。慌てて力を入れた手が引っ張られ、春彦の足元が崩れていく。

「――篤基っ」

自分の上げた声で、飛び起きる。目の前が明るくて、すぐにあれが夢だと気がついた。

子供の頃、篤基を連れて祭りに行ったのは事実だ。春彦は十四歳、篤基は九歳だった。基伸が仕事で忙しかったため、初めて篤基と二人きりで夜に出かけた。冒険のような気分で楽しかったことを、今でも覚えてる。

では何故《なぜ》、こんな夢を見てしまったのか。全身が汗ばみ、鼓動が跳ね上がっていた。

息を吸っては吐きを繰り返して気分を落ち着かせ、改めて室内を見回す。自分の部屋の、ベッドに浴衣で寝ていた。だけど何か、いつもと違う。ひどい違和感に眉を寄せた時、ドアが開いた。

「うん、だからおばちゃん、今日はゆっくり休んで。じゃあね」

携帯を手に話しながら篤基が入ってくる。いつもならノックをするのに珍しい、とぼんやり思ったその時、一気に頭が冴《さ》えた。

「お前……」

昨夜、篤基に犯された。最初は居間で。それから目が覚めた時は浴室で、後始末といっ

て射精を強要された。そしてまた、ベッドで……。

通話を終えて近づいてくる篤基に、思わず後ずさる。たった二十四時間前まで弟だと思っていた存在が、今は知らない男に見えた。

「今日はおばちゃんが来る日だけど、休んでって電話した。いいよね？」

答える気力もなく黙り込む。すると篤基は、それと、と能天気な声で言った。

「店にも休むって連絡をしておいたよ」

「なっ……勝手になんてことを」

時計を見る。既にいつも開店準備をしている時間だった。

「行かないと……」

起き上がろうとした春彦の腕を、篤基が掴む。

「雨だとそんなに人も来ないんだろ。仕事も大事だけど、あんたは働きすぎだ。今月もろくに休んでない。今日くらいいいだろ」

「そんなことは……」

週に一回は休みにしている。そうしないと他の従業員が休みにくいからだ。

ただその日に展示会や商談に出かけることは多かった。丸一日休むのは、月に一回くらいだ。

「そんなに、父さんに褒められたいのか」

篤基の口から出た、父さんという言葉に凍りつく。

「昔っから、正直で嘘つけないよな。顔に図星って描いてるよ」

「うるさいっ」

「怒っても迫力ないな」

くすくすと笑いながら、篤基がベッドに片膝を乗せた。

「いいじゃん、俺もう、知ってるんだから。あんたがずっと、父さんを好きだって」

「……どうして、分かった」

昨夜は混乱して聞けずにいた質問を、篤基にぶつける。ずっと胸に秘めていたはずの想いを、どうして篤基が知っているのか。

「父さんを見る目が違うからさ。あんなに熱っぽく見つめて、話しかけられる度に表情を和らげたら、すぐ分かる。……俺みたいに、あんたをずっと見てたら尚更」

そこまで言って、篤基は目を眇《すが》めた。

「俺たち、似てるよな。好きな人しか見えてないとこ」

腕を摑んでいた彼の指に力が入る。春彦は否定も肯定もできなかった。

「なあ、俺、あんたの大好きな父さんに似てるだろ？」

顔を近づけてきた篤基は、春彦の返事も待たずに続ける。

「これからもっと似る。きっとあんたの好きな男になる。だからさ、父さんじゃなくて、俺にしろよ」

「ふざけるなっ」

大きな声を出した途端、腰の奥に鈍い痛みが走った。眉を寄せ、その場で体を丸める。

「大丈夫か」

触れられるのが怖くて、痛みに耐えて伸ばされた篤基の手を払う。

「……触るな」

拒む声はみっともないほど震えていた。

「春彦……」

篤基は肩を落とし、眉を下げて目を伏せる。傷ついたような顔を見せられて怒りがわく。ひどい目に遭《あ》わされたのは、少なくとも篤基ではない。それなのにどうして、自分が被害者のように振る舞うのか。

「無理矢理あんなことをしておいて、……同じと思えるはずがないだろ」

ずっと基伸が好きだ。許されない想いと分かっていても、どうにもできなかった。だけど実際に、肉体的な接触を想像したことはない。自分の妄想で基伸を汚《けが》すのはいやだった。

「お前は、……弟だ」

自分に言い聞かせるように、ゆっくりと言った。

「そう。まあいいよ、今はそれで。いつか絶対、俺の気持ちを分からせてやるから」

篤基が立ち上がる。無意識に目がその動きを追いかけた。

「とりあえず、今日はゆっくり寝てな」

優しく諭《さと》すような眼差しを睨《にら》んでもどうしようもない。布団をぎゅっと握る。篤基は肩を竦めて部屋を出て行った。その横顔がどこか悲しげで、罪悪感など覚える必要はないはずなのに、どうしてか胸が痛む。

ぎゅっと目を閉じてから深呼吸した。とにかく落ち着こう。急げばまだ、午前中の内に店に着ける。

仕事へ行こう、そう思ってベッドから足を踏み出す。だが右足が床に着いた瞬間、その場へ崩れ落ちた。

「っ……」

膝に全く力が入らない。腰もずきずきと鈍い痛みを訴えている。これでは仕事にならないだろう。

諦めてベッドに戻った。今日はゆっくり休もう。体を丸め、自分が一番楽な体勢を探す。それから枕に頭を預け、目を閉じた。

一階から物音が聞こえる。足音が近づいてきた。やがて部屋のドアがノックされたけれど、返事はせずにブランケットに包まる。

ドアが開いた。近づいてくる気配がする。息を殺した。

「寝てるの」

篤基は独り言のように呟き、春彦の枕元に何か置いた。

「食事は冷蔵庫に入れたから。じゃあ俺、バイトに行ってくるね」

それからドアが閉まる音を聞くまで、春彦は動かなかった。階段を降りて行く音を確認して目を開ける。枕元にミネラルウォーターのペットボトルがあった。

そういえば喉《のど》が渇いているような気がする。手を伸ばし、体を少し起こした。口に含んだ冷たい水を、ゆっくりと飲み込む。ひんやりとした感触が体の内側に広がり、少し気分が浮上した。

半分ほど飲んでから、ペットボトルを枕元に戻した。そのままベッドヘッドに背を預けて、ぼんやりと天井を見上げる。

昨日から自分の身に起こったことが、まだ現実と思えない。

篤基はいつから、自分を好きだったのだろう。全く気がつかなかったのは、彼もまた春彦と同じように、必死で気持ちを隠していたのか。

昨年、篤基の成人式の着物を仕立てた時のことを思い出す。背が高い彼のために用意した一尺一寸の反物を見ながら、篤基は春彦に一式選んでくれと言った。小物にいたるまですべて、とにかく春彦に決めて欲しいとお願いされたのだ。

篤基とは好みが違うからと一度は断ったけれど、どうしてもと譲《ゆず》らないから、結局一式を春彦が見立てた。そして名越屋の近所にある写真店で記念写真を撮る時も付き合って、一枚だけ、一緒に撮った。あの写真を、彼はどうしているのだろう。

そういえば、前に春彦が取材を受けた雑誌を篤基は購入していた。恥ずかしいから記事は見ないでくれと言ったのに、篤基は取り合わなかった。

特に気に留めてもいなかったことが、篤基の気持ちを知った今は特別な意味を持つ。一体どれだけの間、篤基は自分を好きで、そして自分はそれに気がつかず基伸を見ていたのだろう。

考えれば考えるほど、これまでの生活がすべてひっくり返されたかのような居心地の悪さに襲われる。

きっともう、これまでのように篤基と接することはできない。

だって、篤基と、性行為をしたのだ。取引のような始まりだったとはいえ、最後は淫《みだ》らに声を上げてしまった。無理矢理だと主張するのは憚《はばか》られるような乱れっぷりだったと、自分でも思う。

今も体の奥には、篤基が残した熱の名残があった。意識すると胸の奥がきゅうっと引き絞られたように痛む。

――もし自分に触れたのが、基伸だったなら。

想像した瞬間、伸《の》し掛かってきた篤基の重さを思い出して赤面する。基伸もあんな風に、自分を抱くのだろうか。

想像しただけで、鼓動が激しくなった。その場にごろごろと転がっていたたまれなさをシーツに押しつける。

春彦にとって基伸は絶対で、汚してはならない存在だ。だからこそ、彼と肉体的な接触を持とうと考えたことはなかった。欲しかったのはもっと精神的な繋がりと、思っていたはずなのに。

心臓が体から飛び出しそうなほどの興奮が春彦を襲う。どうにか落ち着こうと深呼吸して目を閉じた。天気予報は雨だけどまだ降っていない。これから降るのだろうかとぼんやりと考えて意識を自分の体から逸らしていると、お腹が鳴った。

こんな時でも空腹は感じるらしい。ゆっくりと立ち上がる。今度はちゃんと、足を床に着けた。

それでも一歩進む度に、腰の奥に鈍い痛みが走った。壁に手をつき、そろそろと足を進める。それを繰り返してやっと一階の台所についた時には、すっかり疲れていた。

テーブルにメモがあった。パンと冷蔵庫にスープがあると篤基の字で書かれていた。言われた場所には確かに、一人分の器に入った冷たいじゃがいものスープが置いてある。春彦の好物だが、いつも作ってくれる家政婦は今日お休みだ。もしかして、篤基が作ってくれたのだろうか。

取り出して、テーブルに載せた。皿に置かれたクロワッサンを見つける。春彦が好きな店のものだと一目で分かった。

まずスープに口をつける。このスープを飲むのは久しぶりだ。最後に少しだけ残るざらりとした感触が好きだった。

バターをたっぷりと使ったクロワッサンと共にスープを飲み干し、顔を洗って歯を磨いた。

家に一人でいるのは久しぶりだ。いつもは篤基か、家政婦の女性がいるからそれなりに物音がした。だけど今、家の中は静かだ。

ほんの数時間前まで、この家を出るつもりでいた。だけど今、すっかり状況は変わってしまった。ここに残ると、篤基と約束した。もしそれを破って家を出たら、篤基はきっと基伸に春彦の気持ちを話すだろう。それはいやだ。

かといって、ここにいてはまた篤基に求められるかもしれない。篤基は春彦を、自分のものにすると言った。たった一度で終わる可能性は低い。

頭を抱えた。自分はどうすべきなのだろう。考えても分かりそうにない。

静けさに耐えきれずテレビを点けた。だけど興味がなさすぎて頭に入ってこない。騒がしいのもまた苦痛で、ふらふらと自室に戻った。

窓を開ける。庭から濃い草のにおいがする。涼やかな音を立てる風鈴を指で軽く押してから、本棚へ向かった。

　どれか読もうと思って伸ばした手は、吸い寄せられるように一冊の本に向かった。父が書いたもので、一人の女性に出会い破滅していく男の話だ。きわどい描写が多く、大人になるまでは読めなかった本のひとつだった。

　ベッドに腰掛け、本を開く。主人公の男は、平凡な会社員だ。学生時代から交際している彼女がいるが、結婚には踏み切れないでいる。

　ある日、男は初めて入った店で、妖艶《ようえん》な女と出会う。何度か読んでいるので、もうストーリーは頭に入っていた。少し速いペースでページを繰《く》る。

　女は男を誘惑する。まずは体、それから生活、そして心を、自分なしではいられないようにしていくのだ。

　男は誘惑に負けた時、自分に言い訳する。快感に逆らえないのは男の本能だ、仕方がない、と。

　ああ、自分はこの言葉が欲しかったのだ。春彦は口元を緩めた。

　合意とは言い難い状況で始まったのに、最後には感じてしまった自分を、どうにか正当化したかった。

　免罪符を得て、肩から力が抜ける。ほっと息をついて顔を上げると、日差しがいつの間にか陰っていた。

立ち上がり窓へと向かう。耳をすませば、しとしとと雨音が聞こえていた。空は灰色に重たく染まっている。そのまま窓を閉めた。

だるさの取れない体をベッドに横たえ、本の続きを読もうとして、やめた。携帯に手を伸ばす。

基伸に連絡を取ろうと思ったけれど、何を話せばいいのかが分からなくてできなかった。自分の気持ち、篤基とのこと、基伸には言えない秘密ばかりが増えていく。

もし篤基が、ずっと抱えてきた想いを基伸に話したらどうしよう。ばらされる可能性に怯えるくらいなら、いっそ自分から……。

これからどうするかを考えるべく、目を閉じる。そのまましか、眠っていたらしい。

瞼《まぶた》の向こうに眩しさを感じ、沈んでいた意識が浮上する。

「あっ……」

カーテンをしていない窓から、朝日が差し込んでいる。夕食も取らず、風呂も入らずに寝てしまったようだ。

立ち上がり、窓の外を眺める。どこかから鳥の鳴き声が聞こえた。いつもと変わらない朝だ。

ひどい目に遭ったはずなのに、普段と同じように朝が来た。無性に笑いたくなった。結局何があっても時は過ぎ、空腹を覚え、眠たくなる。それが生きているということだろう、きっと。

たっぷりと眠ったおかげか、体の痛みも軽くなっていた。歩くのにも支障はなさそうだ。部屋を出ると、廊下を挟んだところにある篤基の部屋のドアが目に入った。春彦が寝ている間、篤基はどうしたのだろう。そもそも帰って来たのだろうか。

確認しようと足を踏み出しかけたけれど、やめた。今この瞬間、篤基と顔を合わせて何を話せばいいのか分からない。

ドアに背を向ける。何もなかった、あれは夢だと自分に言い聞かせ、階段を降りて浴室に向かう。早く汗を流してしまおう。浴衣を脱ぎ捨て、頭からシャワーを浴びた。

シャワーヘッドの位置を調節しようと手を伸ばす。その時、正面の鏡が目に入った。

「……これ……」

鎖骨の辺りから胸元へと散る赤い痕《あと》に目を見開いた。曇りかけた鏡に近づき、自分の体を確認していく。

二の腕の裏にまで、淫らな刻印が飛び散っている。思わず何個か指で触れてみた。自分の皮膚に、こんな痕が残るなんて信じられなかった。

これはすべて、篤基がつけた。

「うっ……」

途端に蘇《よみがえ》ってくる記憶に、口元を押さえる。

かわいがってきた弟に、犯された。体の奥深くまで貫かれ、声を上げて乱れた。無理だ。夢だと思えるはずがない。この体は、弟だと思っていた篤基に犯され、悦《よろこ》んでしまったふしだらなものだ。

いくら洗っても綺麗にはならないそれは、自分に残された罪の痕のように思えた。どうにか少しでも体に残る感覚を薄めたくて、シャワーを頭から浴び続ける。

降り注ぐ冷たい水が、体温を奪っていく。その場にしゃがみ込み、呼吸を整えた。

この調子では、基伸に何かあったとすぐ気がつかれてしまう。駄目だ、平静を装えるようにしなくては。

鏡を見て現実を把握する。無数に残された痕の中でも、とりわけ問題なのは鎖骨周辺のものだ。着物だと目立ってしまいそうな場所だった。

仕方がないので、浴室から出ると数カ月ぶりにスーツを着た。久しぶりに履いた革靴はなんだか重たい。

ネクタイは締めず鞄に入れ、どこか逃げるように家を出た。篤基に声をかけずに出ることにわずかな罪悪感を覚えたけれど、そんな必要はないと自分自身で否定する。

朝食はなごし近くにあるカフェでとった。何か口にしようと選んだドーナツは、少し胃に重かった。

「おはようございます。昨日はすみませんでした」

普段と同じ時間に出勤した。店は開店準備に入っている。急に休んだことを従業員に詫《わ》びると、かえって心配されてしまった。

「お洋服だなんて珍しい。あまり無理しないでくださいね。私たちがやれることはやりますから」

「はい、よろしくお願いします」

どうやら洋服で来たことで、余計に体調が悪い印象を与えてしまったらしい。一日寝ていたせいかもう体に不安はないのだが、念のため今日は甘えさせてもらうことにする。

それでもじっとしていられる性分ではないし、時間があると余計なことを考えてしまうから、仕事に没頭した。店頭に立つだけでなく、裏の事務室で先延ばしにしていた事務処理にも手をつける。

パソコンの画面を見つめていると、店長、と肩に手を置かれた。

「お昼、行かないんですか？」

「あ、……はい、行ってきます」

気がつけば従業員の昼休憩が終わっている時間だった。

昼食はいつも、ピークの時間を外して店近くにある数店をローテーションしていた。今日は近所のそば屋にしようと暖簾をくぐる。

「あれ、スーツなんて珍しいね。誰かと思ったよ」

顔見知りの店主が春彦を見て笑った。つられて春彦も笑みを浮かべ、席に着いた。

軽めのそば定食を食べて店に戻る。接客をする時間以外を事務作業に費やし、一カ月分の営業データを作った。

やろうと思っていたことが終わってしまった。数字が並ぶパソコンの画面を見ながら、春彦はぼんやりと今夜のことを考えていた。

基伸が帰ってくるのは明日。つまり今夜も篤基と二人きりだ。昨日は何もなかったけれど、まだ一昨日の夜のような過《あやま》ちを起こさないようにするには、どうすべきだろう。

一番いいのは、物理的に顔を合わせないことだ。家に帰らず、このまま基伸が帰ってくるまで、適当な場所に泊まる。そう決めると少しだけ気が楽になった。おかげで午後は、少しゆったりとした気持ちで仕事ができた。

とにかく、しばらくは二人きりにならないことが大事だ。決意を胸に閉店の準備に入った時、店の扉が開いた。

「いらっしゃいま……せ……」

尻つぼみになったのは、入ってきたのが篤基だったからだ。彼は扉を後ろ手で閉め、春彦に微笑んだ。

「お疲れさま。あれ、今日はスーツなんだ」

「……まあな」

反射的に胸元を隠そうとして、スーツだから必要ないのだと思い直す。

「まあ篤基くん、久しぶり」

棚の整理をしていた従業員に声をかけられ、篤基が体を折るようにして頭を下げた。

「ごぶさたしてます」

「相変わらず大きいわね」

「ええ。さすがにもう伸びてませんけど」

篤基が苦笑しながら、春彦のそばまでやってきた。

「バイトはもう終わったのか」

「ああ。だから一緒に帰ろうと思って」

その口調から、一緒に帰ることは篤基にとって決定事項なのだと伝わってくる。

先に帰ってくれという理由を探すけれど、閉店間際で従業員しかいない店では難しい。

それにきっと篤基は、終わるまで待つというだろう。それではなんの解決にもならない。

かといってここで別々に帰るのも不自然だ。

「……閉店まで待っててくれ」

仕方なくそう言った。

「もちろん」

頷いた篤基は、店内を物珍しげに見渡した。それからゆっくりと、従業員の邪魔にならないように歩く。その歩き方、目線の向け方が基伸によく似ていて、春彦は目が離せなかった。

店を閉め、施錠する。篤基が大きく伸びをした。

「なんか食って帰る？」

「いや」

「じゃ、真っ直ぐ帰ろう」

有無を言わさない口調に、何も返せない。そのまま駅に着いても黙って篤基の後ろを歩いていると、不意に手を掴まれた。

「え、おい」

「ほら、乗るぞ」

手を引っ張られて走り、ちょうどホームにいた地下鉄に飛び乗った。

車内で篤基は手を離した。だけどそこには彼の体温が残っている。

篤基に手を引かれて歩いていく、昨朝の夢を思い出した。夢の中で篤基は闇に飲み込まれ、自分の足元は崩れた。現実は一体、どうなってしまうのだろうか。

「店に百合柄の扇子《せんす》があっただろ」

地下鉄に揺られながら、篤基が口を開いた。

「濃紺の？」

定番の小物として、扇子はいつも店頭に置いている。確かその中に、白百合を描いたものがあった。

「うん。あれ、似合いそうだ」

ドアにもたれかかった篤基が春彦を見つめる。

「……僕に？」

「そう。春彦のイメージ」

扇子を頭に思い浮かべる。濃紺に白の百合柄はとても清潔感があった。特に自分に似合うと思ったことはない。

篤基の目に映る自分は、あの扇子のような爽《さわ》やかな印象なのか。意外すぎて言葉が出なかった。

駅に着く。改札を出て少しして、先を歩く篤基とぶつかりそうになった。振り返った篤基は春彦の足元を確認し、口元を笑みの形にする。

「なんだ？」

「そういや、今日は靴だったんだなって。いつもより歩くのが速いから」

確かに今日はスーツに合わせて革靴を履いている。草履よりも速足になっている可能性はあるけれど、そんなことを篤基が気にしているとは思わなかった。

「いいから、帰ろう」

「そうだね」

どこか楽しそうな篤基と、自宅へ向かう。

ドアを開けた篤基に続き、靴を脱ぐ。まず手洗いをするために洗面所に向かった春彦の手を、篤基が摑んだ。

「……?」

廊下の壁に押しつけられた。篤基の顔が近づいてきて、反射的に目を閉じる。

「んんっ」

唇が重ねられる。きつく吸われ、わずかに開いた隙間から舌が入ってきた。歯列を探り、頰の内側まで舐めるそれに、意識を持っていかれる。

有無を言わさぬ強引な口づけだった。唾液を交ぜ合わせて啜《すす》る、貪《むさぼ》るようなキスに翻弄される。抵抗しようとした春彦にできたことといえば、篤基を引き離そうと彼のTシャツを摑んだことくらいだ。

「……っ、やっ……」

うまく息ができず、酸欠のように苦しくなる。薄く目を開けると、壁に手をついた篤基に囲い込まれていた。

「あっ……」

膝が震え、立っているのが辛く感じた頃、唇が離れた。吐息が触れ合う距離に、息を乱した篤基がいる。彼は春彦の唇をそっと撫で、再び唇を寄せてきた。

近づいてくる篤基の目には、明らかな欲情が見てとれる。背筋に震えが走り、春彦はもがいた。

「駄目だ、篤基……」

必死で押し返そうとしたけれど、篤基はびくともしないばかりか、春彦の抵抗すら楽しんでいるような顔で見つめてきた。そしてぐっと腰を押しつけてくる。

「興奮しといて、そんなこと言うのかよ」

「ひっ」

篤基の言う通り、春彦の性器はいつの間にか存在を主張するように張りつめている。キスだけでここまで感じていたのかと、自分の反応に驚かされた。

「スーツも似合うな」

篤基の指がネクタイにかかる。ゆっくりと解かれ、床に落とされた。

「んっ」

首筋に齧《かじ》りついてきた篤基は、器用に片手でシャツのボタンを外していく。

かなり手際がいい。彼がこうなるまでに、一体どれだけの場数を踏んだのだろう。ふと頭をよぎった疑問に、顔を歪める。

そんなことを気にしてどうするのか。篤基だってもう二十歳で、それなりの経験があってもおかしくはない。そしてそれを、春彦が気にする必要もないはずだ。

「篤基、こんなこと……」

「やめたら話すよ。……いいの？」

首筋に噛みつかれ、春彦は軽くのけぞった。露《あら》わになった喉仏に篤基が吸いつき、形を確かめるように歯を立てる。

またこんなことをして、いいわけがない。だけどここで拒めば、篤基は春彦の想いを基伸に告げるだろう。

――それだけは駄目だ。絶対に。篤基からばらされるくらいなら、自分から告げて玉砕し、基伸の前から姿を消す方がまだいい。

息を吐いて、必死に体の力を抜く。抵抗の意思がないと分かったのか、篤基は肌に歯を立てるのをやめ、代わりに口づけを落としていった。

ベルトを外され、スラックスと下着を下ろされる。抜《ぬ》け殻《がら》のように廊下に落ちた衣類をそのままに、篤基は春彦を居間まで連れて行った。

「ここなら痛くないだろ」

シャツ一枚の姿で、ソファに横たえられる。伸し掛かって来た篤基は、両手とその唇を使って、春彦の体を隅々までまさぐった。

手足の指先まで優しく撫でられ、肌が粟立つ。少しずつ、だけど確実に体へ蓄積される痺れは、何かの刺激ひとつですぐにでも快感に変わりそうだった。

「ひゃっ」

乳首に吸いつかれ、高い声が出た。慌てて口を塞ぐ。篤基と目が合った。蕩《とろ》けそうな表情がいたたまれなさを助長させる。

「かわいい声なんだから、もっと聞かせてよ」

篤基はそう言って、乳首を摘《つ》まんで指の腹で擦った。

「はぁっ……、やっ……」

たった一晩で、この体は変えられてしまったのか。篤基が与える愛撫に、体が喜んでいるのが分かる。

「嫌がってないよ、体は」

篤基は嬉しそうに囁き、右手をそっと下腹部まで撫で下ろした。

「ほら、もう濡れ始めてる」

「あっ……」

昂ぶりの先端をそっと手のひらで包まれる。緩く扱かれるだけでも気持ちが良くて、篤基の手に押しつけるように腰が揺れてしまった。

かわいい、とうわ言のように口にして、篤基が春彦の肌に唇を押しつける。背中をソファに預けて目を閉じる。

「本当は昨夜だって、抱きたかった」

篤基の手が太ももにかかり、大きく足を広げられた。昂ぶりを指で弾《はじ》かれ、根元の袋を揉まれてしまうと、体のどこにも力が入らなくなる。

彼の指は更に奥へと進み、一昨日彼を受け入れた場所に触れた。

「だけどちょっと無茶させたから、心配だったんだ。……今日は、平気そうだ」

濡れた指が一本、中へ入ってくる。痛みと違和感を思い出し、力が入る。拒むように窄まった最奥を宥めるように、篤基の指が粘膜を撫でた。

丁寧で優しい、だけど決して引くことのない指が探るように内側を揉み、受け入れるための準備を施《ほどこ》す。

少しずつ緊張が解け、代わりに蓄積された熱が縒《よ》られて快感になっていく。それが体に巻きついて、体温を上げていった。

「二本入れても平気かな」

「っ……ん、あっ……！」

指が増やされても、もう痛みを感じなかった。小刻みに出し入れされると、もどかしくてたまらない。

異物感と、もっとという気持ちに苛まれる。声を殺すことなんてできなくて、我ながら甘ったるい声を撒《ま》き散らした。

た。

緩やかな隆起を指の腹で擦られる。そこから全身に広がる甘い痺れが、春彦を惑乱させた。

「ここ、いいの？」

篤基は円を描くように指を動かしながら問いかけてくる。答えずにいると、そこを強く押された。

「あ、ンっ……」

「気持ちいいならちゃんと言ってくれないと」

「……っ」

首を横に振る。こんな場所で乱れてしまう自分を、認めるのが怖い。

「素直じゃねぇの」

どこか嬉しそうに篤基は言って、窄まりをかき回す指の数を更に増やした。粘膜と皮膚の境目を確認するように撫でられ、鈍い痛みが走る。

「っ……やめっ……」

「ん、じゃあ指はやめる」

あっさりと篤基は指を引き抜いた。突然の喪失感に震える春彦の足の間で、篤基がデニムを蹴るように脱いだ。下着も乱暴に取り去り、春彦の左足を抱える。

「……っ……」

唇を啄まれると同時に、最奥へ昂ぶりが押し当てられた。指で馴《な》らされたそこが吸いつくように窄まるのを自覚して、春彦はきつく目を閉じる。

「はぁっ……！」

突き入れられた欲望を拒むように、そこが収縮する。篤基は一度腰を引いた。詰めていた息を吐くと、そのタイミングを待っていたのか、篤基が腰を叩きつけてくる。

「……うわぁ……や、駄目っ……」

最も太い場所を含んでしまうと、後はもう止められなかった。水音を響かせて奥まで抉られる。嫌がるように窄まる粘膜が、篤基の形に押し広げられる。

「そんなに締めたら奥まで行けないんだけど。感じちゃう場所も突いてあげられないよ？」

「……そんなとこ、ないっ……」

「嘘だね。ここ、ほら」

篤基の昂ぶりが、春彦の弱みを擦る。途端に目の前が白く光るほどの快感に襲われた。

「ああっ……！」

のけぞった瞬間、ずぶずぶと音を立てて奥まで穿たれた。どうしようもない違和感に口を開けては閉じるを繰り返す。

「ん、全部入った。……すごい気持ちいいっ……」

満足げな声と共に、顔中にキスが降ってくる。余すところなく唇が触れ、最後に口を、塞がれた。

「っ……」

息苦しさから開いた唇に舌が入ってきて、歯列を探り頬の裏を舐め回す。含みきれず零した唾液を舐め取られた。

篤基の手が、春彦の左手を掴む。指を一本ずつ絡めるように握られた。口づけは優しくあやすようなものに変わる。

どれだけの間、そうしていたのだろう。圧迫するような感覚が抜けた体を篤基に抱きしめられる。

「あ、んっ……」

ゆっくりと動き出した彼が、春彦の最奥を穿つ。最初は窺《うかが》うように、春彦が痛みを訴えないと分かると、激しく。

「……あぁっ……！」

くびれが感じる場所を擦る。じっとしていられず腰を突き上げると、くっきりとした快感が襲ってきた。

「は、ぁ、……」

唇が離れる。篤基はじっと春彦を見つめていた。熱のこもったその眼差しにすら煽《あお》られる。

篤基の律動に合わせるように腰が揺れ始めた時、だった。

「……何を、している」

突然聞こえてきた大きな声に、目を開けた。

居間のドアを背に、基伸が立っていた。こちらをじっと見る目が驚きと戸惑いに揺れている。

いつからそこにいたのだろう。全く気がつかなかった。

「お前たち……」

色を失った世界の中、基伸が近づいてくる。彼がどんな顔をしているのか見たくなくて、春彦は目を閉じた。

もう駄目だ。最悪な形で、ばれてしまった。篤基と体を繋げたこの状態では、なんの言い訳もできない。

軽蔑されるだろう。罵《ののし》られることも覚悟しなくてはいけない。ああ、それよりもう、二度と顔を見せるなと言われたらどうしよう……。

嫌われるという恐怖が羞恥を上回る。頭の中がぐちゃぐちゃだった。できるならこのまま、この世から消え去りたい。

「ひっ」

急に動き出した篤基に驚いたせいで、目を開けた。こんな状況でまだ行為を続けようとする篤基が信じられない。

「……やめっ……」

基伸に見られているのだ。当然、篤基はやめてくれるのだと思っていた。だけど彼にその意思はないようで、春彦の内部を緩く穿ち始める。それだけでもありえないのに、春彦の体はその動きを喜ぶように体温を上げていった。

「……いや、やだっ……」

こんな場面で感じるなんていやだ。だけど身をよじっても、深く繋がった体は解けない。数歩先まで来ていた基伸も、動きを止めて篤基と春彦を見下ろしている。

「俺は、春彦を愛してる」

強く抱きしめられる。落ち着いているように見えるけれど、篤基の鼓動はとても速かった。

体が跳ね上がる勢いで突き上げられる。肌と肌がぶつかる音が室内に響いた。

「やっ……、篤基っ……！」

篤基に貫かれて乱れる姿を、基伸に見られている。そもそも性行為とは、愛し合う二人が秘めやかにするものと春彦は思っていた。少なくとも、こんな風に見られながらするものではない。

しかも基仲は、春彦の想い人であり、養父だ。篤基に至っては、血の繋がった父親となる。そんな人の前で、何故行為をやめないのか。

「あ、……やめっ……もう、やだっ……」

いつの間にか視界が濡れていた。恥ずかしくて情けなくて惨めでたまらなかった。

「やめなさい！」

鋭い声が響く。呆然と固まっていた基仲の目に光が戻っていた。彼は鬼のような形相で篤基の肩を摑んだ。

「……あっ」

篤基は小さく舌打ちしてから、腰を引いた。

昂ぶりが抜け落ちる瞬間、声が出てしまう。

「あーあ、抜けちゃった」

昂ぶりを露わにしたまま、篤基が場違いなほど明るい声を上げた。

「お前、春彦に何を……！」

基仲は迷うことなく、自分の息子である篤基に殴りかかる。春彦が止める間もない素早さだった。

「痛っ」

殴られた頬を押さえ、篤基が情けない顔をした。

「何をしてるんだお前は！」

「見て分かるだろ。セックスしてた」

あっけらかんと言い放った篤基は、基伸の視線に負けずに聞き返す。

「で、父さんはなんで帰って来たんだよ。出張、明日までだろ？」

「春彦が昨日、店を休んだと聞いて気になったんだ。まさかそれも、お前のせいか」

基伸が拳《こぶし》を握り直す。篤基は肩を竦めただけで答えず、脱ぎ散らかした衣服に手を伸ばす。

「大丈夫か、春彦」

「……は、はい」

差し伸べられた手を、とっていいのか迷う。すると基伸は、春彦の肩に手を回して抱き起こしてくれた。

「これは、その……」

羽織っていたシャツで前を隠し、背中を丸めた。この状況をどう説明すればいいのか分からない。基伸はまず、自分の息子である篤基に殴りかかった。たぶん篤基が春彦を無理矢理犯したと思っているのだろう。

それは間違ってはいないけれど、正解でもない。

口を噤む春彦の頭を、基伸が優しく撫でる。大丈夫、と囁かれて、目の奥がまた熱くなるのを感じた。やっぱりこの人が好きだ。言えない気持ちが胸に渦巻《うずま》く。

「俺は春彦が好きだから、セックスした。男同士だから駄目なんて、父さんは言えないよな？」

篤基は不敵な笑みを浮かべた。だけど基伸は引かずに向き合う。

「好きだからといって、こんなことが許されると思うのか！　春彦は嫌がっていただろう」

耳元に響く基伸の怒りを滲ませた声に、体を縮める。篤基が大きなため息をつくのが聞こえた。

「……もういいや、全部話そう」

体液で汚れた体を拭いた篤基が、長めの髪を鬱陶《うっとう》しそうにかき上げた。

「やめっ……」

篤基が話すのを止めようと声を上げたけれど、無視される。

「聞かせてもらおう」

基伸は篤基を睨む。見たことがないほどの怒りに満ちた表情は、だがすぐに崩れてしまった。

「俺、父さんが誰を好きかを知ってる」

篤基の一言に、基伸の顔色が変わった。

「なんの話だ」

動揺を隠そうとしているのか、基仲は不自然なほど声を低くした。篤基は動じず、床に腰を下ろして足を投げだす。

「父さんが愛してるのは、木嶋秋人、だろ」

「……え？」

木嶋秋人。春彦の、実父の名前だ。予想外の名前に、春彦は目を見開いた。ここで何故、父の名前が出てくるのか。

「父、を？」

基仲は瞬きもせずに立ちつくしている。肯定も否定もしない、その態度に春彦も固まった。

基仲が、父を。その可能性を考えたことなどなかった。だって二人は親友で、……。

「本当ですか？」

春彦の問いにも基仲は反応しない。代わりとばかりに、篤基が口を開く。

「本当だよ。だから父さんはあんたを引き取ったんだ。愛した人の忘れ形見を自分が育てる。すごいね、男として尊敬するよ」

「そうじゃない、私は……」

基仲は篤基を制し、違う、と春彦に言った。だが基仲をずっと見てきた春彦には、それが嘘だと、すぐに分かってしまった。

普段おっとりとした喋《しゃべ》り方の基伸は、嘘をつく時に少し早口になる。そして指をぎゅっと握るのだ。

基伸が愛したのは、春彦の父。

そんな可能性を考えていなかっただけに、衝撃は大きい。だがそれは、決して納得がいかない話ではなかった。

基伸は父の話をする時、いつでも優しい表情を浮かべていた。あれはきっと、好きという感情から来るものなのだろう。

なんということだ。焦がれ続けた人が、まさか自分の父親を好きだったなんて。

春彦はそっと額に手を置いた。頭の中で何かが絡まっていてすっきりしない。少しずつ解いていこうとしても、きつく結んであってできないのがもどかしい。

「否定したって無駄だよ。春彦も納得するだろう?」

二人から視線を向けられて春彦は俯いた。もう何がなんだか分からない。春彦は基伸が好き。基伸は、春彦の父親が好き。そして篤基は、春彦を好きだと言っている。

「……違う、春彦、私は……」

否定する基伸の声が弱々しい。そんな声を初めて聞いた。いつも堂々としていた基伸が見せる姿に、こんな状況とはいえ胸が痛くなるほどの愛しさを覚える。

だけどこの人は、春彦の父を好きだったのだ。この世にいない父に対する、行き場のない悔しさに唇を噛む。

「父を、好きだったんですね」

基伸を見つめる。目が合った途端、切なげに伏せられた眼差しに、絡まっていたものがするりと解けた。

父が残した、宛先のない手紙。あの手紙は、基伸に宛てたものではないのか。

「おい、篤基、何をする」

立ち上がった篤基は、いきなり基伸を羽交《はが》い締めにし、手早く帯を解いた。そしてその帯で、後ろに回した基伸の手首をぐるぐると巻く。その動きはあっという間で、息子にこんなことをされるとは想像もしていなかっただろう基伸は、ろくな抵抗もできなかったようだ。

「春彦、来いよ。今がチャンスだ」

「……え?」

何を言われているのか分からず、聞き返す。篤基は基伸の着物の裾《すそ》を割りながら、ちらりとこちらを見て笑った。

「なんだよ、そんな顔をして」

「馬鹿者、離せっ」

抵抗する基伸の手を帯で拘束した上、後ろから腕を抱きしめた篤基が、春彦に微笑む。

「父さんが好きなんだろ」

「それは……！」

言わない約束だった。それをこんなにもあっさりと破られ、怒りよりも悲しさに襲われる。この気持ちだけは、基伸に知られたくなかったのに。

「春彦……」

もがいていた基伸の動きが止まる。知られたくなかった気持ちを暴かれた春彦を見て、何か言いたげに口を開けては閉じてを繰り返していた。これは彼が、困っている時のくせだ。

「俺が父さんを押さえてるから、やっちゃえよ。こんなチャンス、もう二度とないぞ」

それはあまりにも魅力的な、悪魔の囁きだった。それでもまだ理性が、こんなことをしてはいけないと春彦を止める。

「だけど……」

後ろ手に縛られた基伸に視線を向ける。その時、彼が息を飲む音が聞こえた。

どうしようもなく好きな、だけど決して手に届かないと思っていた人。性的なことを考えることすら申し訳ない存在だった基伸が、今こうして、自分の前にいる。

望んでいなかったとはいえ、自分の気持ちはもう知られてしまった。どっちにしろもう、元には戻れない。

——それならば、いっそ。

「やめなさい、春彦」

諭すような声と、わずかな怯えを含んだ眼差し。篤基と体を離した時から燻《くすぶ》っていた熱に、着火する音がした。

これが最後だと思うと、もう止められなかった。ふらふらと、基伸に近づく。

一度でいいから、彼の熱を感じたい。

「……ごめんなさい」

「やめるんだ」

基伸は逃げようと後ずさる。だがすぐに背後の篤基にぶつかってしまった。そこへ春彦はにじり寄る。

「やめたら、どうしますか。もう僕を、そばには置いてくれないでしょう？」

春彦は基伸の目を見つめた。

ずっと、恋焦がれていた。だけど可能性はないと諦めていた。でももし、彼が篤基の言う通り、本当に春彦の父を愛していたならば。

「一度でいいです、抱いてください。父の代わりに。……僕は、似ている、でしょう？」

記憶と写真の中の父を思い浮かべる。自分の容姿はとても似ているはずだ。基伸が愛した人に。

目を開けたまま顔を近づけ、基伸の唇を舐めた。拒むように引き結ばれた唇の表面を舐め、吸い、歯を立てる。

頑《かたく》なさを打ち砕こうと、必死で口づけた。

基伸の左胸に手を置く。規則的で力強い鼓動が聞こえる。このリズムを、もっと速くしたい。

「ん、ンっ……」

応えてくれない唇に焦れる。なんの手管《てくだ》もない自分を情けなく思いながら、丹念に舌を這《は》わせ、基伸の体に触れていく。

基伸は嫌がって逃げるけれど、篤基の力には敵わないようだ。徐々に抵抗する力が抜けていくのが、春彦の目にも分かった。

「こんなことしてどうするんだ、っ……離せ、春彦っ……」

「……いや、です……」

着物の前を開き、襦袢の下に手を入れ、首筋に唇を押しつける。初めて触れた肌の、硬くなめらかな感触に夢中になった。

たるみのない体は年齢を感じさせない。そのまま手を下へ滑らせる。下帯《したおび》は解くのが簡単だった。

そっと、基伸の性器に触れる。そこは既に形を変えていた。その温もりに、何故かほっとした。

「感じてくれているんですね」

反応を示しているそれを、両手で包む。同性の体にこうして自分から触れるのは初めてで稚拙《ちせつ》だという自覚があるだけに、ずっしりとした質量が嬉しかった。

「ああ、駄目だ、春彦っ……」

基伸が呼ぶ自分の名前に甘さが混じる。彼の反応を見ながら、根元からゆっくりと扱いた。手の中でびくびくと育つそれが愛しくてたまらない。

「離せっ」

もがいた基伸の足が、春彦の体に当たる。鈍い痛みに眉を寄せつつ、指の動きを激しくした。

「これを、ください」

もっと興奮して欲しい。基伸が自分に欲情した目を向けて欲しい。衝動のまま、基伸に跨《また》がる。

「僕を犯して」

口から滑り出た言葉のふしだらさを恥じる理性などなかった。血液が沸騰しそうなほど興奮していて、自分が制御できない。

「やめろっ……春彦、退きなさいっ」

「いや、です……」

基伸の昂ぶりを最奥に宛がう。窄まりの表面に先端が当たる、その感触だけで極めてしまいそうだ。

「ん、入らないっ……」

だけどうまく挿入できない。焦れてもどかしい春彦に救いの手を差し伸べたのは、黙ってなりゆきを見ていた篤基だった。

「父さん、やってあげなよ」

基伸の耳元に唇を寄せた篤基は、どこか甘えるような声で唆す。

「好きだったんでしょ、木嶋秋人のこと。春彦はそっくりだよね？」

「……お前は、なんてことを……」

その時、基伸の目は明らかに泳いだ。彼の下腹部に力が入るのを見える。

「夢がかなうよ、ほら。……春彦は、力を抜いて」

「ん、あっ……」

篤基の指が伸ばされ、春彦の窄まりを押し広げる。先端を含ませると、彼は指を離した。途端に窄まりが浅ましく収縮し、小さく喘《あえ》いだその瞬間、肩を押さえられて基伸の欲望をずぷりと飲み込む。

最も太い部分を飲み込んだ窄まりが痛みを訴える。それをやり過ごそうと、春彦はゆっくり息を吐いた。

すごい、基伸と繋がっている……。

「駄目だ、こんなことは……」

逃げようとする基伸を、篤基が足まで使って押さえてくれた。

「ほら、父さん、どう？　大好きな人を抱いてるみたいでしょ」

「あ、っ……入って、きたっ……」

意識して力を抜くと、春彦の体重がかかり少しずつ結合が深くなる。基伸の性器が萎えないばかりか、脈打ちいっそう硬くなっているのに気がついて、春彦は口元を緩めた。快感に逆らえない本能をもっと刺激して、基伸に気持ち良くなって欲しかった。

「ん……すごい、奥に、きたっ……」

尻に基伸の下生えが当たるほど深く飲み込んだところで、春彦は息を吐いた。

「すごいっ……」

恋焦がれた人とひとつになる、その満足感が春彦を煽った。

「好きです、好きっ……」

口にすればするだけ、体が熱くなる。

「は、ぁっ……すごい、入ってる……」

下腹部をそっと撫でた。この奥に、基伸がいる。自分をここまで育ててくれた養父と、体を繋げている。合意といえるかどうかぎりぎりの状態で。

これが最初で最後だ。そう思うと、どんな大胆なことさえできる。

基伸の下腹部に手を置き、体を前後に揺らす。それだけで背骨に快感が走り、春彦はのけぞって喘いだ。

「春彦、お前、そんなっ……」

基伸の呼吸が荒くなり、表情から余裕が失われる。いつも整えている髪が乱れ、ひどくいやらしく見えた。

「気持ち良く、ないですか？」

「っ……」

基伸は答えない。唇を噛みしめ、腰を引いている。春彦は膝の位置をずらし、基伸の肩に手を置いた。

「あっ……はぁ、これ、すごいっ……」

基伸の昂ぶりを窄まりで扱くように、腰を上下させる。肌がぶつかる音に水音が混じる。室内の空気がひどく淫靡《いんび》だ。

「あ、……篤基っ……」

基伸の肩に置いていた春彦の手に、篤基のそれが重ねられた。ぎゅっと握られる。

篤基はじっと、春彦を見ていた。

こんなにいやらしく乱れる姿を、見られている。熱のこもった眼差しにすら煽られ、息を乱した。

全身が燃え上がりそうなほど興奮していた。触れてもいないのに昂ぶりは先端から蜜を垂れ流し、基伸の襦袢を汚している。

「父さん、春彦を抱きしめてやれよ」

篤基は基伸の腕を拘束していた帯を解いた。

突き離されるだろうか。怯えで固まった春彦の背に、基伸の腕が回された。そして強く抱きしめられる。

「ああっ……！」

歓喜の瞬間だった。好きな人とひとつになっている。その鼓動を感じたくて、春彦は基伸に縋りついた。

「すごい、気持ちいいっ……。も……、いっちゃう……」

基伸の荒い呼吸が聞こえる。律動のリズムも、貫く角度も、篤基とは違う。奥だけでなく浅瀬を回すように刺激するやり方に感じすぎて、含みきれない唾液が零れて顎を伝う。

それを拭う余裕もなかった。

あまりの快感に目の前が白く染まる。このままだと達してしまいそうで、春彦は唇を噛

んだ。

「いくの、やだっ……」

達してしまえば、もう終わりだ。いつまでもこの時間を貪っていたくて、自分の性器の根元を強く摑む。

「うっ」

痛みに体を丸める。それでも物理的に射精できないようにと指に力をこめた。

「春彦、俺のもして」

我慢できなくなったのか、篤基は下着を下ろし、春彦の口元に欲望を突きつけた。

「くわえてよ」

欲情を露わにした瞳にねだられ、口を開いた。色濃く膨らんだ先端を軽く含むなり、篤基がぐっと腰を押しつけてくる。

「う、ぐっ……」

喉を擦られて眉を寄せつつ、昂ぶりを懸命に頰張った。篤基がしてくれたように、舌で抉ると頭上から呻くような声が聞こえた。

「はぁ、すげぇ……」

窄めた唇を篤基の欲望が出入りする。頰の内側を擦られると、気持ち良くてたまらなかった。硬さの違う粘膜を擦り合わせて生まれる熱が、春彦を酩酊《めいてい》させる。だらだらと唾液を零しながら熱をしゃぶるだけでもう、極めてしまいそうだ。

「ん、んっ……！」

背中に回っていた基伸の手が腰を摑んでいた。そのまま固定され、重たい突き上げを受ける。奥を穿つ腰使いにのけぞり、篤基の昂ぶりが唇から外れる。首を曲げた角度で再び押し込まれ、喉を鳴らした。

上からも下からも貫かれて苦しい。だけどこの苦しさもまた、快楽のひとつだ。

「春彦」

「は、いっ……？」

基伸の手が、欲望を戒《いまし》めていた春彦の手に添えられる。

「……いきなさい」

「あ、っ……出ちゃうっ……！」

基伸の手によって指が解かれた瞬間、せき止めていたものが一気に吹き出した。

全身が痙攣《けいれん》する。止められない。がくがくと体を揺らしながら、絶頂への階段を駆け上がっていく。

視界が真っ白に染まる。そこへ自分の体が溶け出すのを感じて、春彦は笑みを浮かべた。

どこまでもこの快感に溺《おぼ》れたかった。

髪を撫でてくれる、優しい指。わずかに残る父の記憶と重なり、自然と頬が緩む。ひどく落ち着いた、優しい気持ちになっていた。

「春彦」

名前を呼ばれ、ふわふわと浮いていた意識が体へと一気に引き戻される。

居間のソファに横たえられていた。体は清められ、きちんと浴衣が着せられている。そして頭は、基伸の膝に乗せられていた。

「これで、気が済んだのか」

基伸の声は硬かった。

顔を上げるのが怖い。俯いて答えずにいると、基伸は静かな口調で切り出した。

「すまなかった。お前にあんなことをするつもりではなかったのに……」

「謝らないでください」

絞り出した声はひどくかすれていた。

謝られたら、あれが過ちだということになる。それを春彦は認めたくなかった。

「僕が、望んだことです」

「それでも、だ。……すまなかったね」

後悔が伝わるその口調に、目頭が熱くなった。こんな基伸を見たかったわけじゃない。

「ああ、耳の形もそっくりだ」

基伸は春彦の耳にそっと触れた。

誰に、と聞かなくても分かった。基伸は春彦に父の面影を探しているのだ。それが悔しいと思う自分はどうかしている。分かっていても、理性で感情を抑えつけられない。

「お前に秋人を重ねるつもりなんて、なかったんだが」

たぶん基伸は、血の繋がりがないとはいえ息子として育てた春彦を抱いたことだけでなく、父の姿を重ねてしまったことを後ろめたく思っているのだろう。

体を丸めて黙り込んでいると、基伸はゆっくりと続けた。

「篤基の言う通りだ。私は、お前の父親を愛している」

過去形ではないことが、彼の想いの強さを教える。長い年月が経っても尚、基伸の気持ちは父にあるのか。

「お前の気持ちは嬉しい。だが私にとって、お前は自慢の息子であり、秋人の子供、なんだ」

「でも、僕は……」

「春彦」

上半身を抱き起こされる。基伸の目は切なげに細められていた。その瞳に引き寄せられ、春彦は顔を近づける。

彼の唇に触れたかった。だけど基伸は、春彦の体を押さえ、露骨に遠ざける。

「駄目だ。一度だけといったのはお前だろう」

穏やかな、だけど有無を言わさぬ声で言い、基伸は立ち上がった。背を向けた彼が、おやすみ、と居間を出ていく。

明らかな拒絶。こうなると分かっていたはずなのに、手を伸ばした。自業自得だ。刹那《せつな》の快楽のために、平和な日常を壊した。

「分かっています。……すみませんでした」

好きになってごめんなさい。心の中で続ける。

涙は出なかった。ただ心にぽっかりと大きな空間ができて、息を吸っても吸っても足りない気がした。


あの日から、家全体に漂う空気は変わってしまった。

基伸は何事もなかったかのように振る舞う。篤基も同じだ。ただ彼の視線はべたべたと春彦に絡みついてくる。居心地は決してよくない。

仕事が忙しいのは幸いだった。余計なことを考えずに済む。閉店後も店に残り、展示会の準備に明け暮れた。家には寝るためだけに帰った。

九月に入ってすぐ、なごしの入ったビルの点検のため一日だけ定休日があった。立ち合いを終え少し仕事をしてから、家に帰る。

まだ明るい時間に自宅に、しかも一人でいるのはあの日以来だった。居間で麦茶を飲みながら、最近扱うようになった小物ブランドの新製品カタログと資料を眺める。

若者向けとある商品の中でも、目を引いたのはカラフルな足袋だった。これはぜひ店に並べたいと、興味がある商品に印をつける。

一覧のチェックを終え、小さな欠伸をした。まだ誰も帰ってきていないようだ。先に風呂に入ってしまおうか。それとも、と考えながら瞼を下ろす。目が疲れていた。

「――春彦」

体を揺すられ、目を開けた。明るさに眉を寄せる。

「具合が悪いのか？」

少しずつ目が慣れてくると、篤基が心配そうにのぞき込んでくるのが分かった。彼とちゃんと顔を合わるのは随分と久しぶりな気がした。

「いや……ちょっと寝ていたみたいだ」

どうやらソファでうたた寝をしていたらしい。見上げた先にある時計は、記憶よりもだいぶ進んでいる。

「それならいいけど。こんなところで寝てるから心配したよ」

ごめんと言って目を擦る。まだ少し頭がぼんやりとしていた。

「父さんから、遅くなるって連絡があったよ」

「そう」

携帯を手に取る。基伸からの着信はない。これまでなら、遅くなる時は春彦に連絡をくれていたのに。

だけど基伸を責めることはできない。一度でいい、そう願って抱いて欲しいと迫ったのは自分だ。彼に抱かれたことは、大切な思い出としてしまっておくしかない。

ため息を堪えて携帯をテーブルに置く。その手を篤基に摑まれた。

「謝らなきゃと思ってた」

改まった口調で篤基は言い、春彦の手を離すと頭を下げた。

「ごめん」

「……何に対して、謝っているつもりだ」

思い当たることが多すぎて、どれか分からない。素直に問いかけると、篤基は頭を下げたまま言った。

「父さんに話さないって約束、破った」

「ああ、そうだな」

基伸には話さないという約束で、体を差し出し、この家に残ることにした。それを篤基は、あっさりとなかったことにしたのだ。

だけどその後に起きたことが強烈すぎて、咎める気力はなかった。それよりも今はもっと、聞きたいことがある。

「僕の父さんのことが好きだって、どうして知ってたんだ？」

基伸が父を好きだということを、篤基が何故知っていたのか。春彦の問いに、篤基が顔を上げた。

「なんとなく、だけどね。中学の入学式の時、父さんが言ったんだ。ここは秋人と会った思い出の場所だって。それがずっとひっかかってた」

基伸と父は中学一年生の時、同じクラスで親しくなったと聞いている。この発言だけならば、春彦は不思議に思わなかっただろう。その疑問を口に出す前に、篤基が心を読んだように答えをくれた。

「その時の口調が、俺に母さんのことを話す時より優しかった。それでもしかしてと思ってて、確信したのが、バイトを始めた時」

「バイト？」

篤基のバイト先は生花店だ。経営者は基伸とも顔見知りだと聞く。そこで何が、と春彦は身を乗り出した。

「父さんはね、今も秋人さんの月命日に必ず花を供《そな》えてるんだよ」

「……そうなの、か」

父の墓は郊外にある。春彦も年に数回訪れるだけだから、花のことなんて全く知らなかった。

「好きな相手じゃないとそこまでしないだろうなって思った。だから昨日、父さんに確認した。……予想通り、だった」

篤基はそこで、がしがしと頭をかいた。

「それで俺、すげぇ単純に考えたんだ。春彦は父さんが好きで、父さんは秋人さんが好きなら、お互いに一回くらいしてもいいいんじゃないかって」

「お前……」

そんな理由で、と篤基を睨みつける。彼は肩を丸めて、ごめんなさいと頭を下げた。

「してる途中で引きはがされて頭に血が上っていたのと、……春彦が父さんを好きなら、これがチャンスだと思ったら止まんなかった。あんなことになって、結局約束を破ったことは謝る。許してください」

そのまま篤基は微動だにしない。子供の頃、やんちゃな遊びをして怒られた時と同じ謝り方だ。

「勝手だな、お前は」

彼がしたことは、簡単に許すと言えるようなものではない。だけどその根底に自分への愛情があると分かっていて、しかも自分もそれに便乗しておいて、彼だけ責めることは春彦にはできなかった。

「うん。分かってる。それでも俺は、春彦が好きだ。諦めるなんてありえない」

彼は春彦の気持ちを知っている。それでも諦めず、想いをぶつけてくるのだ。その強さが羨ましい。自分は基伸との距離が開いてしまっただけで辛いのに。

「篤基……お前は、強いな」

「そんなことないよ。ただ、……春彦が好きなだけ」

首筋を優しく撫で下ろされる。再び顔が近づいてきた時、春彦は何かに導かれるようにして目を閉じていた。

それはきっと、篤基にとって合意の仕草に見えただろう。顎に指がかかる。

「っ……」

唇を重ねるだけで、伝わる熱が、想いがある。篤基の手は頭を撫で、春彦の髪を耳にひっかけた。

自分を好きだと言ってくれる篤基の気持ちを拒みたくない。だけどやっぱり、こんなことをしてはいけないとも思う。どうすればいいんだろう。

「んんっ」

迷う春彦の耳を、篤基の手が塞いだ。その状態で深く口づけられる。ぴちゃぴちゃと濡れた音が脳に響き、頭の中までもかき回される。

「っ、はぁ……」

唇と手が離れ、吐息が耳に触れた。

「いいの？　俺、止まんないよ……」

答えないことを了承と判断したのか、浴衣の裾がめくられ篤基の手が入ってきた。太ももを撫で回され、それから徐々に上へと進む。下着越しに性器を揉まれる。そこは既に形を変え始めていた。

「っ……、あっ……」

くすぐるように上下する指に、小さく呻いた。きっと今、先端から零れた蜜が下着を濡らしただろう。

「俺にも感じてくれてる」

篤基が呟く。彼の指が触れたところに熱がともり、それが全身へと緩やかに広がっていった。

「すごいね、べとべとしてきた。……ああ、もうこんなに濡れてる」

やっと直接触れてもらった時、既にそこは下腹部につきそうなほど大きく膨らんでいた。

「もっと気持ち良くしてあげる」

篤基はそう言って、春彦を膝立ちにさせた。そして自分は春彦の腰の位置まで頭を下げる。

伸ばされた赤い舌がおのれの性器に絡むさまを目の当たりにし、春彦は息を飲んだ。

舌が触れた部分から、ぞくぞくと痺れが這い上がってくる。離れてしまうと恋しくて、追うように体が揺れた。

「ほら、おいで」

「あっ……」

腰を突き出しては引くを繰り返し、誘惑と戦っていると、篤基の手が腰骨を掴む。

「来てよ、ここに」

舌なめずりした篤基と目が合う。情欲に濡れた眼差しに促されて、自然と体を前に突き出していた。

「……は、ぁ……」

弟と信じてきた男の口の中へ、性器を差し入れる。

こんなこと、してはいけない。分かっていて、だけどやめられるほど、春彦は快感に免《めん》疫《えき》がなかった。

「っ……」

なめらかな粘膜が、くびれた部分を包む。敏感な場所を柔らかいもので擦られ、足の指先がきゅっと丸まった。

「……気持ち、いい？」

くわえたまま喋られると、その振動さえも刺激になってしまう。がくがくと頭を上下させる。良すぎて、先端から蕩けそうだ。

「んっ……ごめ、んっ……」

一度腰を動かしてしまうと、もう止められなかった。快感を知ってしまった体が暴走する。欲しい、もっと。

「あっ、……」

先端を包む粘膜の柔らかさを味わい、窄められた唇の締めつけに酔う。

「ふぁ、そこ、いいっ……」

篤基の与えてくれる快感に、ただひたすら声を上げる。窪みを舌で抉るようにされ、その場に崩れそうになった。

基伸に抱かれた時に得た快楽よりも、直接的な刺激に膝が笑う。感じすぎて苦しい。体を折った春彦を、篤基が見上げてくる。

「ここ、いい……？」

ちろちろと先端を舐める舌の赤さに、視覚まで犯される。

「んっ、……い、いっ……、早く、いかせてくれっ……」

篤基の頭を掴む。やめさせるわけではなく、もっととねだるために。

「んっ、いけ、よっ……」

窄めた唇できつく扱かれ、先端を舌で抉られて、目の前が弾けた。

「はぁぁ……！」

強烈な快感が背中を走り抜けていた。我慢できずに腰を振りたくり、熱く濡れた篤基の口へと、欲望を吐き出す。

「ん、あ、っ……」

いつまでも終わらないかと思うほど長く、射精した。余韻までもがすさまじく、腰が痙攣する。

ずるりと音を立てて昂ぶりが口から引き抜かれた。

「……っ、はぁ……」

篤基の喉が上下する。何をしたのかが分かって、目を見張った。

「飲んだ、のか……？」

「ああ」

なんでもないような顔をする篤基に目を疑った。てっきり吐き出すと思っていたのに、飲んでしまうなんて思ってもいなかった。

「そんな顔するなよ。そこまでまずいもんじゃない」

篤基は口元を指で拭って、嬉しそうに笑う。それから春彦に手を伸ばして抱きついてきた。

「してもいい？」

上目使いで確認され、その内容の意外さに笑みが零れた。

「今更聞くのか？」

これまで春彦の同意など気にせずに行為を進めてきたのに、と言外に含めてからかう。

「っ……ごめん、俺……」

俯いてしまった篤基の耳元が赤く染まっている。子供の頃、やたらとおでこを見せるのを嫌がっていた姿を思い出した。彼の恥ずかしがる基準は今も春彦には謎だ。

篤基はかわいい。こんなに自分を好きな彼になら、なんだってしてあげたい気分になった。できる限り甘やかしてやりたい。気持ちに応えたい。

「いいから、……しよう」

初めて、春彦の意思で誘った。目を細めた篤基が無言で伸し掛かってきて、ソファに押し倒される。

篤基は左の親指で春彦の唇を撫でた。ゆっくりと形を確かめるように触れた後、薄く開いていたそこをこじ開けて中へと入ってくる。

「気づいてないだろうけど。春彦は後ろを弄ると、必ず口が開くんだよ」

「うっ」

指をくわえただけなのに、体がすぐ沸騰したように熱くなった。

「ん、んっ」

口の中を指で探られると、頭の芯が蕩けてしまったようになる。指が引き抜かれると、唾液が銀の糸を引いた。

「そうだ。今日はこれがあるんだ」

「……？」

不意に覆い被さって篤基の体が離れ、春彦は目を開けた。中途半端に放り出されてしまうと戸惑うしかない。

立ち上がった篤基が、居間を出て行く。戻ってきた彼の手には、咲き誇る白い百合の花があった。

「百合……？」

「そう。店で余ったから、もらってきた。春彦に似合うと思って」

前に篤基は、春彦に百合の柄が似合うと言っていた。まだその印象は変わっていないらしい。自分はそんなに美しくも清潔なものでもないのに。

「……綺麗、だな」

白い花弁にそっと触れる。清楚で潔白な色が眩しい。

「うん。これ、茎を消毒してきたんだ」

なぜこのタイミングで、花を持ってきたのだろう。春彦の疑問は、すぐに篤基の行動で晴らされた。

「これでかわいがってあげる」

「え、おいっ……」

小指よりは細いその茎を、篤基は春彦の性器の先端にある窪みに宛がう。

「やめっ……」

「大丈夫だよ、ちゃんと消毒してあるから」

「いやだっ」

窪みに残っていた体液を茎でかき混ぜられる。指とも舌とも違う硬い感触に、体の芯が震えた。

「暴れたら怪我する。傷つきたくないだろ」

「だから、……やめてくれっ……」

そこはむやみに弄っていい場所ではない。本能的な恐怖に体が竦む。

「ちゃんと花粉も落としてある。浴衣を汚したりはしないから」

「そういう問題じゃないっ……」

性器の先端の窪みから少し進んだ先を、茎が擦る。それだけで粘膜が疼きだし、足の指が丸まった。

「駄目？　ねぇ、こんなことしたら俺を嫌いになる？」

篤基の問いかけに答える余裕などなかった。ただ頭を打ち振る。

「答えてよ。じゃないとほら、……奥まで入れるよ」

「っ……」

尿道を硬い茎が擦る。皮膚の内側を触られるような感覚に震えが走り、指が宙をひっかいた。

触れることができないと思っていた部分を弄られ、毛が逆立った。震えが治まらない。

「はぁっ……」

無意識に零れた声は自分のものとは思えないほど艶めかしい。慌てて口を塞いでももう遅かった。

「ここ、かな？」

先端の窪みから数センチという浅い場所で出し入れを繰り返される。刺激を知らないそこに茎が触れるだけで、ぞわぞわとした痺れが生まれて全身を駆け回っていった。

「あ、あっ……」

これまで感じたことのない種類の、快感と呼ぶにはもどかしい刺激に視界が蕩ける。茎が入った分だけ体液が溢れて飛び散り、いやらしい水音を立てた。

「やっぱり似合う」

篤基の目に、声に、恍惚《こうこつ》が滲む。彼は春彦にこんな格好をさせて、興奮しているのだ。

「春彦は、百合の花みたいだと思ってたんだ。綺麗で、まっすぐで……」

「……違うっ……やだ、こんな……」

なんて恥ずかしい格好だろう。性器に百合の花を突っ込まれ、足を大きく広げて喘いでいる自分を認められず、春彦は首を振った。

「なんで？　すごく綺麗だよ」

それに、と篤基が左手で春彦の唇をなぞる。

「こんなことして、怒った？」

「当たり前、だ……」

咄嗟に返した言葉が、篤基の表情を情けないものに変えていく。

「こんな俺、嫌い……？」

その問いには答えられなかった。俯いた春彦の首筋に、篤基が額を預ける。

「ごめん、……でも俺、知りたいんだ。春彦がどう感じて、乱れて、……どこまで、許してくれるのか」

どうやら篤基は、春彦が許す範囲を確認しているらしい。彼の頭をそっと撫で、少し硬い髪に指を絡める。

たとえどんなことをされてもきっと、春彦は篤基を憎むことはできないだろう。だけどそれが愛情かといわれると、まだ自信はない。

「春彦……」

好き、という単語が空気に溶けた。一呼吸置いてから彼は、おもむろに親指を春彦の口に入れた。

「ん、んっ……」

綻《ほころ》んでいた口元はたやすく侵入を許す。舌の表面を指で擦られて息が上がった。

「口が開いた。気持ちいいんだ？」

「っ、……あぁ」

太い指で口内をかき回される。閉じきれない唇から零れた唾液を篤基は唇で吸い取った。

「今日はこっちから、ね……」

背後に回った篤基に抱え上げられ、足を大きく広げさせられる。あまりに淫らな自分自身の格好にすら煽られ、春彦は息を乱した。

「あ、やめっ……」

濡れた指で窄まりをほぐされる。篤基も余裕がないのか、馴らされてすぐ、焦らすことなくそのままの形で貫かれた。

入ってくるそれは、基伸のものとは角度も太さも違う。二人のそれを瞬時に比べてしまってから、春彦は自分を恥じた。親子に抱かれるだけでも不道徳なのに、それを比較するなんて、ふしだらを通り越している。

「……吸いついてくるっ……気持ちいい、な……」

一気に奥まで埋めた篤基はうっとりと言い、春彦の欲望に挿《さ》したままの百合を指で弾いた。

「ああっ」

伝わる振動に震え、腰が揺れる。篤基は春彦の首筋に歯を立てながら、百合をゆっくりと押し込む。

「ひっ、や、らっ……」

これまでより奥に入ってきた茎が、尿道を擦る。

「ううっ……」

すべてを逆なでするような感覚に、震えることしかできない。理性なんてもう、どこかで消えてなくなっていた。

「持っていかれそう」

篤基がうっとりとした声で囁く。百合を弄っていた手が腰に回り、体の位置を固定される。

「あ、ひっ……！」

窄まりを破るような勢いで突き上げられる。その律動に合わせて百合が揺れた。

「そこ、駄目っ……」

弱い場所を硬い先端で抉られて身悶《みもだ》える。体が内側から熱くてたまらない。

「なんで、こんなに感じるんだろ？」

かすれた声を上げながら、篤基は春彦へ快感を与えてくれる。

兄弟として育ってきた篤基とこんな行為に耽《ふけ》るのはおかしいと、頭では分かっている。だけどもう戻れない。背徳という名のスパイスは、一度口にしただけでもくせになってしまう。

「っ……あ、篤基っ……」

彼が紡《つむ》ぐリズムに合わせて揺さぶられている時、廊下で足音がした。

基伸がいる。その気配を感じ取り、だけど春彦は何も言わずに篤基の腕を掴む。

「もっと、篤基、……」

甘ったるい声を出すと、受け入れた篤基の欲望がどくんと脈打ち、更に大きくなるのを感じた。

「……あ、そこ、いいっ」

弱みへの刺激に弓なりになって喘ぎながら、廊下の方向へ目を向けた。

どうして基伸は、止めに入らないのだろう。このままずっと、そこで聞いているつもりなのか。

「何を考えてんの？」

篤基が問いかけてくる。春彦は目を閉じ、さあ、と首を横に振った。

自分が何をどうしたいのか、さっぱり分からない。

答えを見失ったまま、春彦は篤基と快感を分け合うことに意識を集中させた。


展示会を三日後に控えて浮き足立っていた日の午後、なごしが仕立てをお願いしてる和裁士の女性がやってきた。

「こんにちは」

春彦の祖母と言ってもおかしくない年齢だが、真っ直ぐに伸びた背中が若々しい。

「御足労いただきましてありがとうございます」

「いいのよ、私もこの近くに来る用事があったから」

女性はリメイクを得意としている和裁士だ。

先月、なごしの顧客から亡くなった母親の着物をどうにかして身につけられるようにしたいという相談があり、この女性に依頼した。打ち合わせの結果、一枚の着物の柄をとり、女物と男物の帯に仕立て直してもらうことが決まった

その帯が完成したからという連絡があったのは昨日。取りに伺うと言ったのだが、女性がこうして持ってきてくれることになった。

「まあ見てください」

たとう紙を広げた女性は、二本の帯を取り出した。一本は、着物の柄を活《い》かした女物の名古屋帯《なごやおび》だ。百合の柄部分を生かして洒落《しゃれ》た仕上がりになっている。

もう一本は男物の角帯《かくおび》で、うっすらと全体に百合の模様が入って落ち着いた感じだ。同じ着物から作ったものだけれど、受ける印象はかなり違う。

「素敵な仕上がりですね。男物に百合柄はどうなのかと思っていたのですが、こんな素晴らしいものになるとは」

うっとりと帯を見つめる。これを夫婦が揃いで身につけたらとても素敵だろう。

「そうでしょう。綺麗な百合を活かせてよかったわ」

女性は名古屋帯にそっと触れる。

「百合の花粉は、洗っても簡単に取れないでしょう。ねっとりした油分は、蝶の羽に花粉をつきやすくするためと言われているんですよ」

「そうなんですか」

百合の花粉は着物をはじめ衣服の敵ともいえる。その独特の油分は一度ついてしまうと取れにくいのだ。

「ええ。香りに惹かれてやってきた蝶を利用して、子孫を残していくんですって。凛《りん》とした美しさの中に、したたかさを隠している。そう考えると、ちょっと怖い花かもしれませんわね」

「なるほど。勉強になります。したたかな花、ですか」

篤基が口にした言葉を思い出す。春彦は百合のようだと、彼は言った。それは外見の意味だったのか、それとも。

「だけどそれが、百合の魅力なんです。そう思いませんこと?」

「そうですね。ますます百合が好きになりそうです」

春彦は笑みを浮かべたまま頷いた。ただ美しいだけの花ではないという事実が、春彦にはとても新鮮に思えた。

なごしの展示会当日、春彦はいつもより二時間早く起きた。今日は朝から大忙しだ。

顔を洗って台所へ向かう。篤基が朝食の準備をしてくれていた。基伸は既に食べ終えたのか、お茶を飲んでいる。

「昨日のスープが残ってるよ。おばちゃんが春彦にって作ってくれたやつだから、食べたら？」

「ああ、ありがとう」

持ち手のついたスープ皿に、冷たいじゃがいものスープが入っていた。春彦の好物で、家政婦さんがよく作ってくれる。どうやら春彦の父も好んでいたらしい。味覚まで似ているとは驚きだ。

これなら食べられそうだと手に取り、食卓に着く。スプーンを手にし、まずは一匙《さじ》、口に含んだ。

優しく甘い味が口に広がる。少しだけ舌に、ざらりとした感触が残った。

おいしい。だけど、と首を捻る。こんなにもスープは濃厚だっただろうか。それとも自分の味覚が変わったのか。

分からないまま、スープを飲み干した。食器を片付け、自室で着替える。足袋と下着を身につけてから、長着に手を伸ばした。

用意しておいたのは、基伸がくれた久留米絣だ。帯は父が使っていた深い草色を結んだ。父はたまに着物を着ていただけと聞くが、その割にたくさんのものを春彦に残してくれている。

鏡の前に立つ。初めて着たけれど、帯も含めてなんだかとてもしっくりとくる。きっと父も、この色が似合っただろうと勝手に思った。

準備を整え、一階へ向かう。

「あれ、そんな着物を持ってたか？」

篤基は目ざとく春彦の着物に気がついた。

「うん、先月、父さんがくれたんだ。どうかな？」

「すごくいい色だね。似合ってるよ」

篤基が褒めてくれた。ありがとう、と微笑んでから、基伸の前に立つ。彼はこの帯が、父のものだと気がつくだろうか。

「どうですか？」

基伸の前に立つ。彼は春彦を上から下まで眺めてから、視線を帯に戻して大きく頷いた。

「その帯は……」

続きの言葉を言いかけて飲み込み、基伸は穏やかな笑みを浮かべる。

「よく似合うよ」

帯を見つめる目が細められた。なんて愛しそうな眼差しだろう。基伸はこれが父のものだと気がついたようだ。

「ありがとうございます」

静かに微笑みを返し、帯に手を置いた。基伸の心の中にいる父の存在を大きく感じる。悔しくて、でもその気持ちの向かう先がない。どろりとした嫉妬を持て余し、春彦は小さく息を吐いた。

「そろそろ行こうか」

基伸が時計を見る。

「そうだね。荷物はこれだけ？」

三人で車に乗るのは久しぶりだった。助手席に篤基が乗ったので、春彦は後部座席に座るしかない。どうにも座りが悪いけれど仕方がないことだろう。

早朝のせいか、なごしの前の通りもまだ空いている。そのまま店を通り過ぎ、会場となるホテルへ向かった。

なごしから徒歩二分の場所にあるホテルに車を停める。

「本日はよろしくお願いします」

ホテルの担当者に挨拶をしてから、準備に入った。ここから先は時間との戦いだ。

基伸がいるとはいえ、この展示会自体の責任者は春彦だ。とにかく落ち着いてがんばろうと自分に言い聞かせ、集まってきた従業員と商品を並べていく。

十時、展示会が始まった。受付に立った春彦は、来場者に丁寧に頭を下げる。

「いらっしゃいませ」

「あら、若旦那さん。お久しぶり」

やってきたのは、名越屋近くにある料亭の女将だった。後ろには彼女の息子が立っている。春彦と同い年で、なごしの顧客だ。

「ご無沙汰《ぶさた》しております」

「ほんとね。たまにはうちにも遊びに来てちょうだい」

「はい、近い内に」

会場へと案内する。息子さんにお勧めしたい久留米絣があった。

「ところで春彦さん、私の知り合いに、素敵なお嬢さんがいるの。今度お食事でもご一緒にいかがかしら」

目を輝かせる女将に怯《ひる》む。ただの食事なはずがない。これは縁談の誘いだ。

「せっかくのお話ですが、私はまだ勉強中で……」

「そんなこと言わずに、ね」

女将が春彦の背に手を添えた時、接客を終えた基伸がこちらへやってくる。

「あら社長、ちょうどよかった。若旦那さんにいいお話しがあるのよ」

「母さん、あんまりしつこくしちゃ失礼だよ」

息子にたしなめられても、女将はどこ吹く風といった様子で受け流す。

「それはどうも、ありがとうございます。これもそろそろ身を固める年になりましたんで、よろしくお願いします」

基伸は笑顔でそう言った。あら、と女将は嬉しそうな声を上げた。

女将は息子用にと久留米絣を二枚買い、さらに春彦に縁談の約束をさせ、満足げに帰っていった。

「ありがとうございました」

ホテルのエレベーターまでお送りする。女将の姿が見えなくなってから、基伸に顔を向けた。

「僕が早く結婚すればいいと思っているんですか」

基伸は答えない。わずかに目を伏せただけだ。それは肯定と同じだった。

「分かりやすいですね」

自分の口から出る声が、言葉が、こんなに毒を孕《はら》むなんて知らなかった。

これまで基伸と争ったことはほとんどない。どんなに些細なことであっても、基伸が春彦にとって絶対で、逆らうという選択肢など持ち得なかった。

今も同じ気持ちではある。だけど、何事も頷くばかりでは解決しないことも、もう分かるようになっていた。だからつい、疑問をぶつけてしまった。

どうすれば、基伸は父ではなくて自分を見てくれるだろう。亡くなった父ではなく、生きている自分に触れてくれるのか。

一度だけだと、春彦自身が言った。基伸はそれを守っているだけだ。ではその約束をどうすれば破れるのか、考えるしかない。

「ところで春彦。家を出るという話は、どうしたんだい？」

これはきっと、出ていけという、遠回しな催促だ。

「篤基がいやだと言うので保留してます」

ここまできたら引けなかった。春彦ではなく、篤基の意思で自宅に留まっているという言い方はずるいかもしれない。

「そう、か。篤基がね……」

基伸はそれ以上何も言ってくれず、会場へ戻っていった。

深呼吸をしてから、会場内に戻る。

「店長、ちょっといいかしら」

「なんでしょう？」

ベテランの女性社員が春彦の姿を見て駆け寄ってくる。

「篤基くんを貸りたいの。いい？」

「ええ、もちろん。どうかしましたか？」

搬入が終わり、力仕事が落ち着いた今、篤基は人目につかない裏で商品を片付けているはずだ。

「実はね」

ある顧客の名前が出る。

「ご夫婦でいらっしゃって、さっき旦那さまのご注文をいただいたのね。で、他の着物を見ている内に、お子さんにもという話になって。ご子息は背が高い方なのよ。それで、長身の方に合わせた感じを見せてもらいたいそうなの」

「なるほど。それは篤基じゃないといけませんね。分かりました、呼んできます」

会場となった宴会場の横にある控え室に向かう。篤基はそこで、小物の在庫整理をしていた。

「篤基。ちょっと手伝ってくれるかな」

「何？」

「お客様の前で、着物を羽織って欲しいんだ。いいかな」

「俺が？　いいけど、この格好で？」

篤基は作業用にと、なごしオリジナルのTシャツと綿のパンツを穿いていた。頭には手拭いを巻いている。ラフな格好が、かえって彼の若さを強調していた。

「ああ、構わない。ちょっと手拭いはあれだけど」

「ん、じゃあこれとって行くよ」

手拭いをとった篤基と共に、会場の内側へ戻る。顧客の元へ急いだ。

「……よろしくお願いします」

篤基はこれも羽織って、と肩に当てて、と着せかえ人形状態にされた。

「あら素敵ねぇ」

背が高く、姿勢のいい篤基が羽織ると、また着物は別の雰囲気になった。どれもよく似合っている。

篤基は春彦が子供の頃からかわいがってきた、自慢の弟だった。血の繋がりはなくても、大切にしてきた。愛してきた。たとえ何があっても、自分は彼を好きでいるだろうという確信がある。

一通り合わせた後、篤基は無事にお役ごめんになった。

「お疲れさま。似合ってたよ」

篤基の口元が歪む。どうやら照れているらしいと、その頬がうっすらと赤く染まるのを見て気がついた。

「俺もたまに、着ようかな。選んでくれる？」

「もちろん」

篤基と話していると、基伸の視線を感じる。それが何を意味するのか、春彦にはさっぱり分からなかった。なぜそんな、胸をざわめかせるような強さで自分を見るのだろう。

「なんだか懐かしいわ」

反物を巻きながら、ベテランの女性社員が呟く。

「懐かしい？」

一体どれが、と首を傾げる。すると女性社員は昔のことよ、と肩を竦めてから、篤基と春彦を見た。

「店長のお父上がね、社長と同じやり取りをしていたのよ。たまに着るから、着物を選んでくれ、って。もう何十年前かしら」

ふふ、と楽しげに笑った女性社員は、春彦の帯に目を留めた。

「確かそんな色の帯を選んでいたわよ」

「そう、ですか」

帯をそっと撫でる。今朝の基伸の態度からして、彼がこれを父にと選んだ確率は高そうだ。そう思うとこの帯が、ひどく愛しく感じた。


展示会は無事に終了した。売り上げは目標を越え、成功したといえるだろう。注文が多くて仕立て上がりに時間をいただくことになってしまった点は反省が必要だった。

店が通常営業に戻り、やっと早くに帰宅できた夜。春彦はクローゼットの棚から、いつか着ようと思っていた濃紺の浴衣を取り出した。

篤基は今日、友人と飲みに出かけている。もしかすると帰って来ないかもと聞いていた。基伸と二人で話したいと願う春彦にとって、篤基が遅くなる今夜はチャンスだ。

鏡で自分の姿を確認する。浴衣の丈が少し短いけれど、気にするほどでもないと割り切ろう。

階段を降り、一階にある基伸の部屋に向かう。

「失礼します」

ドアにノックして顔を出す。この部屋には縁側がある。夏から秋にかけて、基伸はそこで日本酒を飲むことが多かった。

「どうした、春彦。……お前、それは……」

振り返った基伸は目を見開いた。

「似合いますか」

これは父の浴衣だ。初めて羽織った時はとても大きく感じたのに、今では丈が短い。自分は父よりも成長してしまったようだ。

「ああ、似合う、よ」

基伸の隣に腰を下ろす。いつもなら正座するけれど、今日は行儀悪く足を崩した。

「ひとつ、してみたいことがあるんです。お付き合いいただけますか」

「なんだい」

基伸は目元をほんのりと赤く染めている。酔っているのだろう。

「これです」

浴衣の裾を割り、めくり上げる。下着はつけていないので性器が露出したが気にせず、足を揃える。

「……おい」

いきなりの行動に基伸が目を丸くする。それに構わず、春彦は日本酒が入ったガラスのとっくりを、自分の下半身に向けて傾けた。

「あっ……」

思っていたより冷たくて、つい声が出た。

「何をやっているんだ、お前は……」

基伸は呆然と春彦を見ている。

「父の小説に、こういう場面があったんです。だからやってみました」

緊張が伝わらないように、ゆっくりと喋る。動揺する基伸から目を離さずに。

「わかめ酒って言うんですね。知りませんでした。主人公を誘惑し堕落させる女がこうしていたんですよ。変な感じがしますね。これで興奮できるのかな?」

体毛がゆらゆらと揺れている。太ももはぴったりとくっつけたつもりだけど、それでも

隙間から日本酒が零れ落ちていた。

「……ほら、こっちに来て。全部零れてしまう」

媚《こ》びるように囁く。滑稽《こっけい》なことをしている自覚はある。それでも、春彦は基伸の気を惹くために必死だった。

「春彦……」

基伸の息を飲む音が、はっきりと聞こえた。彼もまた、この異常な空気に飲まれているようだ。

「ほら、早く」

手を取り、軽く引く。それだけで基伸は、操《あやつ》られたかのように春彦の足元に膝をついた。

「……」

下肢に基伸が顔を近づける。彼が小さな声を発した。秋人、と聞こえた気がする。父の名前だ。

このみだらな行為を描いた父の本に、手紙が挟まっていた。もしかすると、父と基伸だけの何か秘密があるのかもしれない。

「あっ……」

太ももに手を置いた基伸が、音を立てて酒を吸った。一度そうすると決意ができたのか、基伸は酒に浮かぶ体毛ごと、猫のようにぴちゃぴちゃと舐め啜る。

波のように揺れる液体の中、少しずつ昂ぶりが形を変えていった。

「ああっ」

昂ぶりの先端を、基伸の舌が舐めた。そうするとそこに熱が通い、硬くなってしまう。

「もっと……」

空気に声を織り込むようにして囁く。基伸の体がびくりと震えた。

そっと基伸の髪に触れた。篤基の髪より柔らかい。かき混ぜるようにしてから、上半身を折った。

「父にもこんなことをしたかったんですか」

基伸が口にした父の名前が気になって、そう問いかける。銀色が混じる頭がびくりと揺れた。

「教えてあげましょうか。父があなたを、どう思っていたか」

「お前がそんなこと、知っているわけはないだろう」

俯いたまま基伸が言った。

この様子では間違いなく、基伸は手紙の存在を知らない。つまり父の答えを聞いていないということだ。

「知っています。父の手紙を持っていますから」

「手紙……？」

「ええ。好きだと言われた相手への、返事の手紙です。なんと書いていたか、教えましょうか」

「やめろ。聞きたくない」

基伸は体を起こし、濡れた口元を指で拭った。その勢いでよろけた春彦の太ももから、日本酒が零れ落ちる。

「意気地なしなんですね」

「聞き捨てならんな。お前に何が分かる」

怒りでもいい。基伸に激しい感情を向けられることが嬉しくて、自然と笑みが浮かぶ。あんなに基伸に嫌われることを恐れていたのに、いつの間にか彼への気持ちはこんなにも歪んでいた。

「分かりませんよ、何も。だって、何も聞いてませんから。聞いたら教えてくれますか？」

基伸の首に手を回し、息が触れる距離まで顔を近づける。

「父にどうやって告白したんですか？　父の反応は？」

視線を絡ませ、口元だけで笑んだ。基伸は答えないし、春彦の手を振り払いもしない。これが基伸の優しさであり、弱さだ。

「ずるい人だ」

「どうしてそんなことを言う」

　基伸の眼差しが、何か重たいものをまとって沈んでいく。

「お前にだって私の気持ちは分からないだろう。人の気持ちとはそういうものだ。それでも私は、……秋人を想い続ける」

　父の名前が口から出た瞬間、なんともいえない悔しさが胸に渦巻いた。だけど同時に、この想いを自分に向けさせたいとも思う。

「もうあなたの前にはいないのに？」

「それでも、だ。離しなさい、春彦」

　後悔を滲ませた基伸の目に、春彦は固まった。腕の中から基伸がするりと逃げていく。

「悪かった。……少し頭を冷やしてくる」

　基伸は部屋を出て行った。その背中を見送り、春彦は肩を落とした。

　この世にいなくとも、父は基伸の中で生きている。どうしたらそんなに愛してもらえるのだろう。自分と父の違いは何か。考えたって、春彦には分かりそうにない。

　零れた日本酒は、父の浴衣を濡らしていた。すぐに始末をしなくては。

　まったく、馬鹿なことをした。

　ため息をついて立ち上がった時、基伸が脇に置いていたグラスを倒してしまった。

　日本酒が、床に淫らな絵を描く。春彦はグラスを手に取った。ひびを確認して肩を落とす。これは基伸が気に入っていたグラスと聞いている。今日の自分は、空回りがひどすぎる。

とにかく片付けようと、盆を手に台所へ向かう。簡単に浴衣の始末をした。

どっちみち、自分に色仕掛けなど無理だったのだ。ため息をついて階段を上がった時、自分の部屋の前に、篤基が座り込んでいるのが目に入った。

「帰ってたのか。こんなところでどうした」

足元に置かれたビールの缶に眉を寄せる。こんなところで飲むなんて珍しい。

「父さんに抱いてもらったんだろ」

篤基は春彦を見ずに呟く。

「なんだよ、一度だけって約束じゃなかったのか。俺はもう、……用無しかな」

伸ばした手を払われる。投げ出された足が、廊下に置いてあったビールの空き缶を倒した。中身は空だったのか、軽い音がした。

「落ち着いて、篤基」

倒れた缶を元に戻し、篤基の前に片膝をついた。すると篤基が、体をぶつけるようにして抱きついてくる。

「好きだよ。子供の頃から、ずっと春彦だけが好き」

「うん、……ありがとう」

抱きついてきた篤基の頭をそっと撫でてやる。彼の気持ちは純粋に嬉しい。春彦だって、篤基のことが好きだ。

「悔しいよ。俺にはまだ、勝ち目がない。父さんは俺から見ても格好いい」

拗ねたような口調で紡ぐ言葉に笑みが零れる。篤基にとって基伸は、いつまでも憧れの父親なのだろう。どんなことがあっても。

「悲しそうな顔をしないで。僕は篤基を大切に思ってる」

アルコールのにおいがするキスを受け止め、舌を差し出す。口内ではなく、外で触れ合う唇の感触がたまらない。この心地よさを教えてくれたのは篤基だ。

「……僕も、篤基が好きだよ」

唇を離した時にそう言って、見上げてくる篤基に向けて微笑んだ。

「ねぇ、篤基にお願いがあるんだ」

彼の頬を両手で包む。

「お願い？」

「そう。篤基にしかできないこと。……聞いてくれる？」

「もちろん」

篤基が表情を和らげた。

「僕はね、篤基が好きだよ。篤基には、僕のすべてをあげる。だから」

「だから？」

身を乗り出した篤基の頬にそっと口づけてから、耳元に唇を寄せる。

「父さんを逃がさないで」

十年程前、基伸は髭《ひげ》をたくわえていた時期があった。当時十歳だった篤基は、基伸の顔を見るだけで泣くほどそれを嫌がった。なぜそこまで髭を嫌ったのかは分からない。ただそれ以来、基伸は髭を生やさなくなった。

基伸の弱みは、きっと篤基だ。もちろん差別も区別もなく育ててもらったけれど、やはり実子というのは特別なものなのだろう。

その篤基は、自分を愛してくれている。春彦のそばにいたいと願っている。それを基伸が無碍《むげ》にできるとは思えない。

どうせもう、仲の良い兄弟にも親子にも戻れないのだ。それならばいっそ、先へ踏み込んだらどうか。

「それって、どういう意味？　俺なんかいらないってこと？」

捨てられた子犬のような目で見上げられる。大きな体でもその表情はとてもかわいくて、改めて彼への愛しさを思い知らされた。どんなに成長して大人になっても、きっと春彦にとって篤基は一生、かわいい存在なんだろう。

「違うよ。僕はどっちも欲しいんだ。ずるいことは分かってるよ。でも僕は、二人とも好きなんだ」

基仲と篤基に対する感情は同じではなく、求めるものが違った。基仲には愛されたい。篤基はかわいがりたい。共存する気持ちに順位はつけられなかった。

「本当に、俺を……好き？」

「そうだよ」

篤基の目を見て、はっきりと言った。それでも疑いの色を浮かべている瞳に微笑みかけ、彼の指をぎゅっと握り、その先端に口づける。

「ねぇ、ここを触って」

下着はつけていないので、ちょうどいい。浴衣の裾をめくり、篤基の指を後孔へと導く。そこは指を拒むように窄まっていた。触れた篤基が眉を寄せる。

「抱かれてはいない。分かるよね？」

篤基は瞬きを忘れたまましばらく固まっていた。それからごくりと音を立てて息を飲み、指が触れている場所と春彦の顔を交互に見る。

「ちょっと濡れてるけど……？」

どこかあどけない表情で篤基が聞いてくる。

「さっき、わかめ酒をしたからね」

「わかめ酒？　なんだそれ」

篤基が首を傾げた。

「そう。足をぴったりとくっつけてね、ここに日本酒を注ぐんだ。今度やってあげるよ」

「えー、それ楽しいの？」

くすくすと笑いながら、篤基はぴったりとくっつけた太ももの間に指を差し入れた。

「すべすべしてる。酒のせいかな」

「あっ……」

肌の感触を楽しむように撫で回した後、指が春彦の昂ぶりを包んだ。ほんのりと熱を持っていたそこが、篤基の指によって形を変えていく。

「篤基、ベッドに行こう……？」

「う、ん……」

春彦の部屋まで、絡まるようにして移動した。だけどベッドの手前の床で、我慢できなくなった篤彦に押し倒されてしまう。

浴衣を乱暴にはぎ取られる。露わになった春彦の体をじっと眺めながら、篤基は勢いよく服を脱いだ。

荒い呼吸のまま伸し掛かってくる篤基の背中に、腕を回して引き寄せた。

「んっ……」

唇を食《は》まれ、できた隙間に舌を突っ込まれる。大きく口を開いた。口内を舐め回された。

「あっ、ふ……」

「愛してる」

何度もそう繰り返す篤基に求められるまま、いつにない性急さで体を繋げる。鈍い痛みに眉を寄せた。

春彦が落ち着くまで待ってから、篤基は春彦の左足を抱え上げた。体を横向きにされ、右足を篤基が跨ぐ体勢になる。

「ああっ……」

指の一本一本を、丁寧に舐めしゃぶられる。それだけで呼吸が乱れていく。

「動くよ」

宣言と共に、篤基が律動を開始する。足を抱えられたせいでねじれた粘膜を容赦なく抉られて、息が詰まった。

「ここ、気持ちいい？」

篤基の指が、蜜を溢れさせている先端の窪みに触れる。

「いい、よ……もっ、と……」

「あ、すげぇ……きつすぎっ……」

お互いの呼吸が乱れている。篤基は春彦の乳首を摘まんだり、欲望を扱いたりとせわしなく手を動かした。どうやら限界が近いのか、腰の動きが少しだけ遅くなる。

「やばい、もういきそう。……中に出してもいい？」

必死な顔で聞く篤基に、笑みが零れる。これまで何度も、春彦に確認もせず体内で射精してきたのに、何故今頃になってわざわざ確認するのだろう。

そういえば前に、してもいいかと聞いてきたこともあった。強引になりきれないのは、きっと篤基の根本が優しいからだろう。

「もちろん。……おいで、篤基」

舌を出し、篤基の指を舐める。

「ん、春彦っ……」

篤基の動きが速くなる。舐めしゃぶっていた彼の指に春彦が歯を立てた瞬間、彼の律動が止まった。

「……っ、出る……」

「あ、熱いっ……」

体の奥に放たれた熱に導かれ、春彦も極めた。甘い絶頂は長く続き、その間ずっと、唇はぴたりと重ねたままだった。

お互いに求め合い、熱を放ってもまだ離れがたい。初めて芽生えた気持ちに戸惑いながら、春彦は篤基の背中に腕を回した。

密着した体から、力強い鼓動が伝わってくる。こうするだけでも幸せだ。だけど、もっ

と欲しいものがある。

「ねぇ、篤基。いいものを見せてあげる」

だから抜いてと、体を離すよう促した。篤基が腰を引く。ずるりと音を立てて彼の昂ぶりが抜け落ちた。

「何を見せてくれるの？」

後ろから抱きついてくる腕を解き、何もまとわずに立ち上がる。本棚へ行き、父の手紙を手にした。

ベッドに寝転がっている篤基の元へ戻ると、腕が伸びてきた。戯《たわむ》れるようなキスが繰り返され、再び篤基に抱きしめられる。

「これ、見て」

飽きることなく口づけてくる篤基を軽く手で制し、封筒を見せた。

「ん？　これがいいもの？」

「そう。父さんが書いた手紙」

篤基は大きな手で、丁寧に手紙を取り出して広げた。春彦も隣に腰掛けて、手紙を覗《のぞ》き込む。

「あれ、この便箋……」

百合の柄にそっと触れてから、篤基は目を文字に向ける。

「えっと、……これ、なんて書いてるの？」

少しして、困った顔の篤基が手紙の一部を指差す。

「読みにくいよね。そこには、告白の返事が書いてあるんだ」

困惑している篤基に、一文字ずつ、ゆっくり読んでいく。そして最後に付け足した。

「宛先は書いていないけど……」

言葉を濁《にご》したけれど、それだけで察しのいい篤基には通じた。

「父さん、かな」

「たぶんね」

「つまり、うちの父さんは振られたってこと？」

篤基は納得がいかないと顔に描いた。色々と言いつつも、篤基は父親を尊敬し、愛しているのだ。

「そう。でも僕の父は、この手紙を出さなかった。もしこの返事を知ったら、……どんな顔すると思う？」

基伸の反応を、篤基はどう想像するだろう。うーん、と眉を寄せた彼を見つめる。

「やっと諦められる、かな……」

彼の出した答えは、春彦の想像と同じだった。

「そう思うよね。……だけど、父を諦められたら困るんだ」

気持ちに区切りをつけた基伸が、他に相手を求めるようになるのはいやだ。いつまでも父に縛りつけておきたい。そうすればまだ、自分に振り向いてくれる可能性が上がる。エゴだと分かっていても、春彦はそう願っていた。

「やっぱり父さんが好きなんだ」

篤基がふてくされたように耳へと齧りつく。

「ちゃんと、篤基も好きだよ」

抱きしめてくる手に自分の手を重ねる。気持ちに偽りはなかった。好きという感情に順番なんてつけられないだけだ。どっちも同じだけ大切で、そして……どっちも、欲しい。

「父さんはなんで拒むんだろう。……春彦はこんなに綺麗なのに」

懐くように鼻先を髪に埋めてくる篤基に、小さく笑って返した。

「僕は綺麗じゃないよ」

そんなことない、と篤基は呟いてから、甘えるように頬を寄せる。

「俺も、父さんにはいつまでも秋人さんを好きでいてもらいたい。だからね、ひとつ考えがあるんだ。聞いてくれる？」

春彦は黙って篤基の腕を解き、振り返った。彼の考えを聞くために。

「おはようございます」

暑さが和らいだある日の朝、春彦が起きると、基伸が居間で新聞を読んでいた。

「ああ、おはよう」

「珍しいですね、こんな時間までいらっしゃるのは」

普段の基伸ならもう家を出ている時間だ。

「たまにはこういう日もあるさ」

基伸は目を新聞から離さない。春彦を見ようともしなかった。

「おはよー」

髪をいろんな方向に跳ねさせた篤基が、眠そうな顔をして居間にやってくる。

「あれ、二人とも休み？」

篤基の問いに、基伸は違うと首を振った。もう行く、と新聞を畳み始める。

「僕は休みだよ。今日はなんの予定もない」

「休み？　俺も休みなんだ。じゃあ今日、ちょっと買物行こう」

いいよね、と顔を覗き込むようにして言われる。春彦が頷くと、篤基は嬉しそうに笑った。その横を、基伸が通り抜ける。

篤基は春彦への甘えを隠さない。春彦もそれを受け入れる。基伸はそれを遠巻きに見ている。

この家にはもう、これまでのような平和な日常は来ない。明らかにバランスは崩れてしまっている。そして誰もそれを、直そうとはしていなかった。

「そろそろ行くよ」

基伸を見送るために玄関へ出る。追いかけるようにして篤基も来た。

「いってらっしゃい」

「ああ、行ってくる」

篤基は右手を振り、左手で春彦の腰を抱き寄せた。それを見た基伸は何か言いたげにしたものの、黙ったまま家を出て行く。

言いたいことがある素振りを見せるのに口にしないところは、篤基と同じだ。二人は親子なんだなと、こんな時にも実感した。二人はよく似ている。

ドアに鍵をかけ、春彦は篤基と向き合った。

「何時頃、出かける?」

「準備ができたらにしよう。……デート、楽しみだな」

嬉しそうな顔をする篤基はかわいい。だから春彦は、自分から篤基の腕を摑み、少し背伸びをして唇を押しつけた。

「……なんだよ、いきなり」

戸惑いつつも篤基は嬉しそうに目を細める。

「いやだった？」

「まさか。大歓迎」

お返し、と深い口づけが返される。それに応えるべく、篤基の背に腕を回した。

篤基と過ごす時間は、まるでとろりと煮詰めたシロップのように、甘ったるい。いつまでもキスは続けられそうだ。

その空気を打ち砕いたのは、ドアの開く音だった。慌てて離れる。

「こんにちは。あら、春彦さん。お久しぶり。今日はお休み？」

買物袋を片手に入ってきたのは、家政婦さんだった。気づけば結構な時間、ここでキスをしていたらしい。

「ご無沙汰してます。休みですが、もう少ししたら出かけます」

久しぶりに会う家政婦さんに家を任せ、篤基いわくデートに出かける準備をする。篤基がどうしてもというから、春彦は着物を着た。今日は焦茶地に浅葱色縞《あさぎいろじま》が入った小千谷縮にした。帯の上から、財布と携帯を入れた茶色の鞄を締める。

「俺、和服の春彦が好き」

着替える時もそばを離れない篤基は、まるで子供の頃に戻ってしまったみたいだ。身支度を整え、家政婦さんに見送られて家を出る。

まず向かったのは、ガラス細工の店だった。向かう途中、ちらちらと視線を感じる。和装の男はどうにも人目を惹くのだ。

「父さんに買ってあげようと思って。どれがいいかな？」

篤基が向かったのは、グラスが並ぶ一角だった。

「グラスがいいのか」

うん、と篤基は頷いて、日本酒にちょうどいいと書かれた切子《きりこ》のグラスを手に取る。

そういえば先日、基伸のグラスを割ってしまったことを思い出した。篤基にもその話はしてある。もしかすると篤基は、その代わりを買おうとしているのかもしれない。

「そうだな……」

基伸の好みを考えて、江戸《えど》切子の黒いグラスを手に取る。光が透けない黒に細工をするのは技術がいると聞く。規則的な格子柄はほれぼれするほど美しく、それなりの値段がするのも納得だ。

「なんか大人って感じだなぁ」

「ああ。僕も出すから、これにしよう」

商品を決めて会計を済ませる。包装をお願いして待っている間、篤基がおかしそうに言った。

「ほんと、買物早いよね」

「そうかな」

「うん。これって決めたら、すぐ買ってる」

言われてみればその通りかもしれない。欲しいものと欲しくないものの基準がはっきりしているから、迷うことはあまりなかった。

「腹減った。なんか食おうぜ」

包装されたグラスを受け取り、店を出るなり篤基がそう言った。

「そうだね。何がいい？」

「そば食いたい」

篤基が即答する。しばらく前から食べたかったけれど、一人でそば屋というのは敷居が高く感じて入れなかったらしい。

「春彦となら入れるだろ」

「そうだね。じゃあ行こうか」

篤基の希望通り、そばを食べに行った。食事後は二人で目的もなくぶらぶら歩きながら、衣類や日用品を購入する。

春彦が大学生だった頃は、よくこうして二人で買物に出かけた。篤基は基伸譲りのセンスの良さで、春彦に色々とアドバイスをしてくれたものだ。

今もそれは変わらない。こういったセンスという部分は持って生まれたもので、とても敵わないと思う。

もし篤基が名越屋を継ぐというなら、春彦は応援するつもりでいる。自分は彼を補佐できればそれでいい。だが問題は、篤基にそのつもりがあまりないことだ。これまでも何度か聞いているけれど、いつも興味がないと返されていた。

「卒業したら、どうするか決めた？」

今回もいい返事は聞けないだろうと思いつつ尋ねる。篤基はまだだと首を横に振った。

「もう少し考える。……春彦のそばにいられるなら、まあ、継ぐという手もあるかなと思ってきたけど」

篤基の口から、初めて継ぐという言葉が出た。それがなんだかとても嬉しくて、春彦は目を細める。

「そう、か。それなら一緒にいられるな」

共に働くと言う選択肢は、春彦にとってひどく魅力的に聞こえた。

「そろそろ帰ろうか。どこかでおばちゃんにお土産を買って行こう」

時計を見てからさっさと歩きだした篤基の後を追いかける。ちらりと振り返る彼の目線で気がついた。彼は篤基の履き物に合わせて、歩調を変えてくれているのだと。

さりげない優しさが篤基らしい。今度は口元が緩んでしまう。

自宅駅近くの洋菓子店で篤基が好きなチーズケーキを買い、自宅用と土産用に分けて包んでもらって帰宅する。

「おかえりなさい。ちょうど失礼するところだったのよ」

「よかった、間に合って。はい、おばちゃん」

ちょうど仕事を終えて帰ろうとした家政婦さんに、篤基はお土産用のケーキを渡した。

「あら、ありがとう。大切にいただくわ」

「お口に合うといいのですが」

喜んでくれたのにほっとして、彼女を見送った。買ってきたグラスが入った袋は、居間のソファに置いておく。ケーキを冷蔵庫にしまい、一息ついた。

「……シャワーを浴びようか」

滲む汗を拭い、篤基を誘う。

「そうしよう。ね、この着物、脱がせていい」

篤基に請《こ》われたので、帯を解き着物を脱がせてもらう。それから一緒にシャワーを浴びた。

お互いの体を洗い合い、どちらからともなく、キスをする。体をまさぐってお互いの熱を確認し合っては、飽きることなく口づけた。

「んっ……」

唇を離す。糸のように光った唾液が二人をまだ繋ぎ、それがおかしくて笑い合った。

そのままもつれ込むようにして、浴室を出た。濡れた体を雑に拭き、また唇を重ねる。

そして春彦の部屋に向かった。

階段を一段上がるごとに唇を重ねた。最後の数段で待ちきれなくなった篤基に抱えられ、春彦のベッドまで運ばれる。

「あ、やっ……」

ベッドに横たえられるなり、すぐに篤基が伸し掛かってきた。足を広げさせられ、最奥を軽く馴らしただけで貫かれる。

「……ん、あっ……」

「痛い？」

心配そうに覗きこんでくる篤基に首を横に振る。腕を伸ばし、彼の頭を抱きしめた。

「平気、……すごく、気持ちいいよ……」

幸せだった。自分を愛してくれる人と、こうやって肌を重ねられることが。求められる悦びに酔い、憚ることなく声を上げる。

「もっと、……」

篤基に手足を絡める。鼓動も吐息もすべて混ぜ合って、ひとつになる。この感覚がたまらない。

だけど欲張りな自分が訴える。まだ足りない、もっと欲しがれと春彦を唆すのだ。

「んっ……」

篤基は春彦の髪を撫でながら、深くていやらしいキスをくれた。抜き差しされる舌の感触だけでも、達してしまいそうなほど気持ちがいい。

「はぁ、俺、もういくっ……」

「ん、僕も……」

お互いのリズムを合わせ、唇を重ね、手を繋ぐ。そうして辿りついた絶頂はひどく穏やかで、身も心も優しく満たしてくれた。

体を離して汗を拭いてからも、じゃれ合うようにベッドに転がった。篤基に抱きしめられ、春彦から口づけをしかけた時、ふと誰かが動いたような空気を感じた。

動きを止め、目を閉じる。

ドアの向こうに、人の気配がする。基伸が帰ってきたのだろう。春彦は篤基の手を握り、深く息を吸ってから、ドアに顔を向ける。

「そこにいるんでしょう。入ってきてください」

だが返事はない。確かに基伸が立っている雰囲気があるのに。

「篤基」

視線を向けると、篤基は無言で春彦から体を離し、立ち上がった。真っ直ぐに向かった先にあるドアを、彼はゆっくりと開けた。

「入ってこないんですか」

そこに立っていた基伸に微笑みかける。

「なんだよ、盗み見？」

篤基が笑いながら、春彦の後ろに腰を下ろした。それから当然のように、春彦に腕を巻きつけてくる。

「おかえりなさい。お疲れさまです」

春彦は基伸を見上げた。

「……お前は、何がしたいんだ」

部屋を見回した基伸に聞かれ、春彦は笑みを浮かべた。

「僕はただ、正直になっただけです」

抱え込んできた気持ちにも、芽生えた欲望にも、正直になった。ただそれだけだ。

「そう、か。……お前たちが本気なら、私は反対しない」

目を伏せた基伸は、ため息にも似た吐息と共に部屋を出て行こうとする。だから春彦は、待ってください、と呼びかけた。

基伸と篤基は、親子だ。その縦の絆《きずな》は、春彦がどんなに望んでも手に入らない。血の繋がりは後から作れないのだ。

だけど横の糸となって、二人に絡むことはできる。

経糸《たていと》と緯糸《よこいと》によって織り上げられる織物のように、二人を結ぶ存在になりたい。それが春彦の望みだった。

「基伸」

初めて、ずっと恋焦がれていた名前を、呼び捨てた。

父の声は覚えていない。だけどたぶん、よく似ているのだ。基伸が目を見開いて固まったのを見て確信する。

ならばこの声だって利用する。この人を手に入れるためなら、手段なんて選ぶ必要がない。

「僕を欲しがって」

基伸の手を取り、左胸に置く。この鼓動が伝わればいいと願いながら、基伸の唇に自分のそれを近づけた。

「滅茶苦茶《めちゃくちゃ》にしてください」

吐息が触れ合う距離で囁く。揺れる眼差しに、確信した。この人はきっと、愛した男の息子である自分を突き放せない。春彦が何をしても、戸惑いつつも最後は許してくれる。

「やめろっ」

ほら、抵抗する声が弱々しい。戸惑っているのか口を開けたり閉じたりしてる。春彦は口元を笑みの形にして目を細めた。

「僕はあなたも欲しい」

もう何も我慢しない。すべてを手に入れるだけだ。

家族として生きてきた二人が欲しいと思う自分が、異常だという自覚はある。非道徳にもほどがあるだろう。

だけどもう止められなかった。どちらも欲しい気持ちに嘘はつけない。

「……お前はこれでいいのか」

基伸は春彦の肩を押さえて拒みながら、篤基に問いかけた。

「もちろん」

篤基は春彦を後ろから抱きしめ、頬に頬を寄せた。

「俺は春彦が望むようにするだけだ。俺たち二人で、春彦を愛してあげよう」

素直に懐いてくる篤基はかわいい。きっと彼は、いつどんな時も自分の味方でいてくれる。

「何を言ってるんだ、お前たちは」

動揺を隠さない基伸にも、春彦は怯まなかった。

「仕方がないでしょう。僕はあなたが好きなんです。何があっても、諦めはしません」

真っ直ぐに基伸を見つめる。彼の目にあるのは、戸惑いの色だ。嫌悪ではない。

きっとこの人は、篤基と共に押せば、落ちてくれる。そんな予感が春彦に浮かんだ。

前回と同じような失敗は許されない。自分の稚拙な色仕掛けなんて通用しないのだ。ここはやはり、父への想いごと、基伸を取り込むべきだ。

「いいものをお見せします」

春彦は篤基の腕を解いて立ち上がり、本棚へ向かった。その中に挟んである封筒を取り出し、基伸の元へ戻る。

「ここに書いてあるんです。父の気持ちが」

「……秋人の？」

基伸は封筒と春彦の顔を見比べ、軽く眉を寄せた。

「ええ。知りたいですか、父の答えを」

「それは……」

基伸は明らかに動揺した様子で、撫でつけていた髪を落ち着きなく触っている。篤基と似た仕草だ。

外された視線の先はどこだろう。目の前にいるのに自分を見ない基伸にそっと手を伸ばし、その肩に触れた。

「あなたが好きだと書いてありました」

明らかな嘘を紡ぐ。

春彦はベッドに腰掛けている篤基に微笑む。彼は静かに目を閉じて頷いた。春彦がなんのために嘘をついているのか、分かってくれたのだろう。

「秋人が、私を……？」

震える声で、基伸が手を額に置いた。ゆっくりと秋人という名を繰り返し、言葉を飲み込もうとする姿に春彦は目を細めた。

この人は、今でも父を好きだ。亡くなってからもう二十年近くが経とうとしているのに、それでもまだ気持ちを捨てきれない。

だからこそ、父の残した手紙とは逆の内容を告げた。ここで父の答えを告げて想いを断ち切ってしまうと、基伸が春彦の顔を見る度に辛くなるかもしれない。その可能性も潰《つぶ》しておきたい。

春彦が篤基の考えを元に出した結論だ。篤基は基伸にいつまでも春彦の父を好きでいてもらいたいと願っていた。『春彦のことを一番好きなのは俺じゃないと困る』という理由らしい。春彦が誰を好きかよりも、誰が最も春彦を好きかという点が、篤基には重要らしい。

真実を話すのは、いつか本当に自分を好きになってくれた時にとっておこう。それまでは、自分と篤基だけの秘密として胸にしまっておけばいい。

「なるほどね。父さん、相思相愛だったんだ」

立ち上がった篤基は、春彦の手から封筒を取った。中から便箋を取り出されるとまずい。

基伸はきっと父の字を読める。内心で焦りつつ、春彦が封筒を取り返そうとした時、篤基は思いがけない行動にでた。

「えっ……」

篤基は封筒に手をかけ、中の便箋ごと、一気に引き裂いた。紙を破る音が部屋に響く。

「おい」

基伸が目を丸くする。春彦も言葉を出せなかった。

「何をする、まだ中身を……」

「元々は遺品の中にあった手紙だ。気がつかなかったんだろ？　父さんは読まない運命だったんだ」

「しかし」

封筒の残骸《ざんがい》に基伸が手を伸ばす。それを篤基が手で退けた。

「木嶋秋人は、父さんを好きだった。その事実で充分じゃないの？」

平然と嘘を言い放ち、篤基は手紙の残骸を拾い自分の脇へ退けた。

「俺、悔しいんだ。父さんがちゃんと俺たちと向き合ってくれないから」

春彦の肩に篤基の腕が回された。

「俺はいいよ。だけど春彦の気持ちには応えてあげて」

「篤基……」

彼がベッドに放り出した封筒の残骸を眺める。これでは手紙に書いてある父の答えを基伸に見せられない。今ならまだ復元できるだろうか、でも……。

春彦の不安を払拭《ふっしょく》するように、篤基が耳元に囁く。

「本当の返事は、俺たちだけの秘密だよ」

ね、と笑いかけてきた篤基が、肩を抱く手に力を込めた。春彦の目を覗き込む篤基は、覚悟を決めたようなすっきりした表情を浮かべている。迷いのない眼差しが、春彦を決断させた。

このまま嘘を貫き通そう。

篤基という味方を得た春彦は、呆然と手紙を見ている基伸の正面に立つ。

基伸の目は潤んでいた。あと一押しだと、春彦の直感が急かす。

春彦は基伸の右手を取り、左胸へと導く。心音を彼の手のひらに伝えながら、緩く微笑んだ。

「父はもういません。だけど僕の中に父は生きています」

ごめんなさい。心の中で春彦は謝った。あなたを手に入れるために、自分だけでなく篤基にも嘘をつかせてしまった。その罪は必ず償《つぐな》うと約束する。——だから。

「僕を、好きになってくれませんか」

基伸が目を閉じた。何かを覚悟したような面持《おもも》ちに息を飲む。

さあ、どんな答えが返ってくるだろう。基伸の結論がどうであれ、春彦の気持ちは変わらない。欲しいものを手に入れるためなら、手段なんて選ばない。

「春彦。……お前は身代わりなどではない。私はずっと、お前を……」

基伸の腕が伸びてくる。潜めた早口は、春彦にというよりも、自分に言い聞かせているようだった。彼の手も震えている。

彼は春彦の父を今も愛してる。だから自分を抱くことにちゃんとした理由が必要なのだ。それがないと、前に踏み出せない。臆病《おくびょう》な彼らしい結論だと思う。

「嬉しいです……」

今はそれでもいい。これからゆっくり、好きになってもらえれば。父のことを忘れる必要なんてない。むしろその思い出ごと、自分を愛して欲しい。

目を閉じ、基伸からの口づけを待った。柔らかい感触が触れてくるまでの時間は、きっとほんの数秒。だけどとても長く感じた。

「泣くな」

基伸がそっと眦を親指で拭ってくれる。そうされて初めて、自分が涙を流しているのだと気がついた。

「そうだよ、なんで泣くのさ」

笑いながら篤基が涙を唇で吸い取ってくれる。優しい仕草に胸が熱くなった。

「ありがとう。……愛してるよ、篤基」

基伸に対して同じ秘密を抱えてくれる篤基は、春彦にとって今や最大の理解者だ。彼を大切にしたい。求められるものをすべて与えたかった。

「俺も愛してる」

蕩けるような表情を浮かべた篤基が顔を近づけてくる。唇を重ねてすぐ、舌を絡め合う。欲しいものを手に入れた充足感が、春彦を昂らせた。

「二人とも、欲しい……」

こうして並ぶと親子だと一目で分かる二人を見つめる。どっちかでは満足できない。二人とも欲しい。正直な気持ちが口から飛び出した。

「何を言い出すかと思えば」

篤基が苦笑しつつ、基伸にねぇ、と声をかける。

「俺もしたい。一緒にいい？」

「一緒？」

首を傾げた基伸は戸惑いを隠さずに篤基を見つめた。

「そう。……いいから、父さんは春彦を抱いてあげて」

ほら、と篤基が基伸の背を押した。覚悟を決めたのか、基伸は頷いた。

「春彦」

名前を呼ぶ基伸と目が合う。その瞳に確かな情欲の熱を見つけ、春彦は息を飲んだ。こんなにも欲望を露わに向けられる幸せに酔いそうだ。

「あっ……」

首筋に顔を埋めた基伸が、春彦の体に触れる。胸元に触れ、乳首を指で転がすように摘まむ。

「あっ……」

じん、と痺れた突起から、全身に熱が回る。のけぞって喘いだ唇を篤基に塞がれた。

「ん、ンっ……」

苦しいくらいのキスに感じる。二人がかりで胸の突起を苛められ、そこがじんじんと疼いて止まらない。

「もう、きて……」

ふしだらと思いつつも、早く基伸と繋がりたくて、彼の欲望に手を伸ばした。基伸は頷いて一度春彦から離れると、改めて春彦をベッドに組み敷く。視界の隅で、篤基が手紙の残骸を拾い集めていた。

正面から向き合う形になる。自分を見下ろす基伸が雄の顔をしていることに胸がざわめく。初めての時は自分から跨がった。そこに基伸の意思はほとんどなかった。でも今は違う。基伸が自ら、春彦を求めてくれている。

「……ふぁ、入って、くるっ……」

両足を抱えられ、奥深くまで穿たれた。少し前まで篤基と抱き合っていたそこは、悦ぶように昂ぶりに吸いついた。

「あ、おっきい……」

「奥から締めてくるな……」

繋がった場所から、基伸の声が響いて伝わる。緩く腰を回されるだけでも気持ち良くて、全身の血液が沸騰しそうだ。

「んっ、あ、そこ……」

腰を引いた基伸の昂ぶりが、春彦の弱みを擦る。

「中も感じるのか。随分慣れたようだね。……お前がこんなに、いやらしい体をしているなんて知らなかったよ」

基伸は春彦の体を抱きしめた。唇を重ね、舌を絡める。基伸からのキスを悦んだ体が火照った。彼を受け入れた中がうねり、基伸の欲望が更に大きくなってくれるのが嬉しい。

「父さん、春彦を抱き上げてくれる?」

篤基がベッドに膝立ちになる。

「……ん?　こう、か」

背中に回された基伸の手に力がこもった。そのまま彼の上に跨がるように体勢を変えられた。膝がシーツの上を滑る。

「はぁ、……深いっ……」

「気持ち良さそうな顔してる。じゃあ俺も、ここに入れてね」

篤基は今まで春彦が横たわっていた場所に移動した。基伸を受け入れている窄まりの縁を撫で、緩く揉む。

「馬鹿を言うな、春彦が……」

慌てて腰を引こうとする基伸を、篤基が押さえた。

「動くとかえって危ない。春彦、痛かったら言って」

「う、ん……」

繋がった部分に冷たい液体が塗られる。縁をめくっては塗りつけるやり方を繰り返した後、基伸一人でも苦しい後孔に、篤基が指を押し込んだ。

「ひっ……」

呼吸が浅くなるほど辛い。それでも、春彦は痛みに耐える。早く篤基とも抱き合いたいから。

もう一本指が増え、中を強引に押し広げた。ぬめる液体が足され、ちゅぷっといやらしい音を立てる。

「もういいかな」

基伸の昂ぶりに沿うように、篤基が欲望を埋めようとする。窄まりを限界以上に押し広げられ、春彦はきつく目を閉じた。

「ああっ……」

二人分の熱でありえないくらいに引き伸ばされた粘膜が悲鳴を上げる。窄まりの縁は今にも裂けてしまいそうだ。

「ひ、っ……やっ……」

張り出した先端を飲み込んだ後も、圧迫感は続く。目も口も閉じられず、涙も唾液も垂れ流す。ひどい顔をしているだろうけど、春彦にはもうどうにもできない。

宥めるように基伸が口づけをくれる。唇を触れ合わせるだけのそれがほんの少しだけ気持ちを落ち着かせた。

義理とはいえ、父と弟と繋がろうとしているのだ。この背徳的な行為への罰がこの痛みだとしたら、耐えるしかない。二人が欲しいと願ったのは、春彦自身なのだから。

また奥を暴かれる。潤っていたはずの粘膜が悲鳴を上げ。春彦は背をしならせた。もう少し、という篤基の声に励《はげ》まされる。

「入った、……きつっ……」

篤基の吐息が耳に触れた。その息さえもが今は愛撫に感じた。肌が一皮むけてしまったかのように敏感になっている。

信じられないほど奥まで、二人の形に押し広げられていた。限界まで引き伸ばされた粘膜はひどく過敏で、篤基がわずかに身じろいだだけでも背筋を貫くような感覚に襲われてしまう。

たぶん篤基も基伸も苦しいはずだ。それでもこの、三人で繋がるという行為は、春彦の胸を満たす。二人を手に入れた、その実感に恍惚となった。

「ゆっくり、動くよ」

腰を引いたのがどちらか、春彦には分からなかった。目を閉じ、基伸の肩に額を埋めて衝撃に耐える。

「あ、駄目っ……」

激しい抽挿《ちゅうそう》ではなくとも、痙攣するほど気持ちいい。震えが止まらない体をあやすように基伸が抱きしめてくれる。その温もりにも煽られて、体が燃え上がりそうだ。

「すげぇ、父さんの、カチカチじゃん……」

篤基が興奮しきった声を上げ、律動の速度を上げた。

「くっ……なんだ、これは……」

戸惑う声を上げつつ、基伸も快楽を得ているのだろう。呼吸が乱れ、突き上げる動きに遠慮がなくなる。

どちらがどう動いているのか、もう分からなかった。ただひたすら、押し寄せてくる快

感の波に溺れるだけだ。

「ああっ、駄目っ……！」

弱みをぐりぐりと押され続け、絶頂へと駆け上がる。触れられていなくとも、春彦の欲望は弾けそうに膨らんでいた。

「俺も、いくっ……」

先に達したのは篤基だった。最奥で熱が勢いよく弾ける。その勢いに押されるようにして、春彦も極めていた。

「……っ……」

言葉も出ないまま、何度目か分からない熱を放つ。既に勢いはなく、さらさらとした体液が滴《したた》るように出るだけだった。

「くっ……私も、もう……」

基伸が体を離す。後孔から昂ぶりが引き出される瞬間、ぞくりと背筋に痺れが走る。

「……うっ、……は、ぁ……」

膝立ちになった基伸が、昂ぶりを扱く。少しの間を置いて、夥しい量の体液が下腹部に浴びせられた。

中に出されるのとはまた違う快感が、春彦を包む。基伸の欲望の証で汚されるなんて、嬉しすぎた。

「不思議だよな。だって父さんのこれから、俺が生まれたんだぜ」

篤基は基伸の体液を指ですくい取った。

「そう、だね……」

この体液が篤基を作り出したのかと思うと、愛おしくてたまらなかった。篤基の指に舌を伸ばして舐め取る。独特なぬめりを味わい、ゆっくりと飲み込む。もっと欲しいと篤基を見ると、彼は春彦の下腹部から基伸の放った熱をすくって、口まで運んでくれた。

「全く、お前たちは……何をしているんだ」

呆れた声を上げた基伸に目を向け、眼差しで口づけをねだる。彼はすぐに応えてくれた。唇を触れ合わせるだけでなく、舌先で喉奥まで舐めてくれる。

「……うまいもんじゃないな」

離れてすぐ顔をしかめた基伸に、春彦は笑った。

「おいしいですよ、僕には……」

自分の体を見下ろす。三人分の体液にまみれ、欲望に溺れた体は、自分自身から見てもとても卑猥だ。

「まったく、お前は」

呆れた口調をしつつ、基伸が懐に入れていた手拭いで春彦の口元を拭ってくれた。

「これ……」

基伸が使っていたのは、色あせた百合柄の手拭いだった。

篤基は春彦を、百合の花のようだと言ってくれた。あの可憐な美しさはないけれど、蝶を利用するしたたかさならば、少しはあるかもしれない。

春彦は目を閉じた。これから三人で紡ぐ日々が、たとえ嘘で彩られていても、自分たちにとっての幸せであると信じて。

秘密の共犯者

目の前が白く染まるような快感の後、名越篤基《なごしあつき》は、静かに崩れ落ちた愛しい人を抱きとめた。

「……春彦《はるひこ》？」

返事はない。大丈夫かと顔を覗《のぞ》き込んでから、目を閉じた春彦の、放心したような表情に頬《ほお》が緩《ゆる》んだ。聞こえてくる呼吸はとても穏やかで、どうやら気を失うように眠ってしまったらしい。

乱れた髪をそっと撫《な》でる。華奢《きゃしゃ》な印象そのままの軽い体で、彼は自分たちを受け入れてくれた。無理をさせすぎたのは承知している。もう休ませてあげるべきだろう。

「このまま寝させておくよ」

ゆっくりと春彦をベッドへと横たえる。何度も求めた証《あかし》に濡《ぬ》れた春彦の体は、とても美しい。

「そうだな。休ませておこう」

身繕《みづくろ》いをしている父、基伸《もとのぶ》を見上げた。

「先にシャワー使ったら。俺はとりあえず、春彦の体を拭《ふ》くから」

基伸に微笑《ほほえ》みかけながら、ベッドのシーツの乱れを左手で直す。そして足元の目に付かない場所に退《ど》けておいた、封筒の残骸《ざんがい》をさりげなく左手で握《にぎ》り潰《つぶ》した。基伸に気づかれないように、そっと。

「お前はこれで、本当によかったのか」

基伸が静かに問いかけてくる。その目を見据《みす》え、篤基は迷うことなく頷いた。

「もちろん」

親子が同じ人間とセックスをする。それが異常だという自覚は当然あった。だからといって、もうこの気持ちは止められない。

それにこれは、春彦が望んだこと、だから。

「俺はね、父さんを見てる春彦が好きなんだ。……誰よりも、ね」

春彦はいつも、基伸を見ていた。叶《かな》わぬ気持ちに苦しむその横顔に、背中に、篤基は恋心を抱いた。

春彦の一番になりたいなんて願わない。だけど春彦のことを一番愛しているとは言いたい。自分の願いはただそれだけだ。春彦が誰を好きかよりも、誰が最も春彦を好きかという点が、篤基には重要だった。

だが基伸にこの感情を理解してもらうのは難しいだろう。だから篤基は、わざと話題を変えた。

「ねえ、秋人《あきひと》さんのお墓に報告する？」

春彦の父親の名前に、基伸の顔がわずかに強《こわ》ばる。

「……いや、やめておく」

そう言って、基伸は深く息を吐いた。

「あいつは怒るだろう。大事な息子を、私が……」

基伸の目が揺らいでいる。余計なことを口にしたと気づいて、篤基はつとめて明るい声を出した。基伸にあまり反省されても困るのだ。

「そうかな。秋人さんは父さんのことを好きだったんでしょ。だからきっと、許してくれるよ」

目を細めた基伸が、何を考えているかは分からない。ただひとつ確信をしている。秋人の気持ちを春彦から聞かされた今、基伸は親友への想いを再燃させているのだと。焦《こ》がれ続けた相手が自分を好きだと教えられれば、それも当然だろう。

それでも基伸は春彦に、身代わりではないと言った。だけどそれが本心ではないと、春彦を抱く父の姿を見て篤基は確信していた。基伸は春彦に、彼の父親の姿を重ねていたに違いない。

すべては基伸の目が物語っていた。あれは長い間、同じ人だけを想い続けてきた男の眼《まな》差《ざ》しだった。父が初めて見せた男の顔に、息子の自分だって見惚《みと》れてしまった。

「お前はいつの間に、そんなことを言うようになったんだ」

基伸が小さく息をつく。

「俺ももう大人だよ。……ほら、早くシャワー浴びて。それから濡れたタオル、持ってき

認する。

「分かった」

基伸は春彦の部屋を出ていった。その背中を見送ってから、握り潰した封筒の残骸を確
てくれると嬉《うれ》しいな」

『俺も、父さんにはいつまでも秋人さんを好きでいてもらいたい。だからね、ひとつ考えがあるんだ。聞いてくれる？』

こんなにうまくいくとは、正直思っていなかった。

振り向いてくれない基伸へ恋心を募《つの》らせていた春彦に、この案を持ちかけたのは篤基だ。春彦の父、秋人の手紙があると基伸に話そう。そして秋人が基伸の気持ちに応《こた》えるつもりだったと、嘘をつこう。そうすることで、基伸は気持ちを断ちきれないばかりか、いっそう想いを募らせる。そこで春彦が父の代わりでもいいと誘えば、きっと基伸は陥落する。

篤基の提案に、春彦は迷いながらも頷いてくれた。もう手詰まりなんだ、と俯《うつむ》いて笑った春彦が、たまらなく愛しかった。

正直、勝算は五分だった。だけど父は、篤基が想像した以上にあっさりと、落ちてくれた。きっと、秋人の気持ちを教えられた途端に手紙を破かれて呆然《ぼうぜん》としている時に、押し切ったのがよかったのだろう。

春彦の掃除が行き届いた部屋の隅《すみ》にある本棚に目を向ける。そこにはいつも写真が飾っ

写っているのは、春彦の父親、木嶋《きじま》秋人。基伸の愛したその人は、春彦によく似ていた。篤基が物心つく前に亡くなったから覚えていないはずなのに、春彦と似た声だったような記憶がある。

父が大切にしているアルバムにも、彼の写真はたくさんあった。篤基の母親よりも多く残されている。

篤基は母を知らない。生まれて一年足らずの息子を捨てて恋人と逃げた人。亡くなった祖母は母のことをそう言い、話題にすることすら嫌がった。父も多くは語ってくれない。

写真だけで知る母は、清楚なお嬢様といった印象の女性だ。基伸の隣に立ち、篤基を抱いて微笑む姿はとても美しかった。とても生まれたばかりの子供を置いて出奔《しゅっぽん》する人には見えない。

でも、と篤基は脳裏に焼きつけた母の顔を思い出す。あの笑い方は、どこか悲しそうだった。

もしかすると、母は自分が基伸の一番になれないと知っていたのかもしれない。篤基ですら、基伸の気持ちに気づいたのだ。そばにいた母ならば、基伸が誰を好きか知っていた可能性がある。母の行動を正当化するつもりはないけれど、それならそれで仕方がないとも思っていた。

「よかったね、春彦」

そっと彼の、くせのない髪に触れた。春彦はずっと、基伸への想いを抱えて苦しそうだった。それがこんな形で結ばれるなんて、彼とて想像はしてなかっただろう。

力の抜けた体を抱き上げ、簡単に春彦の体を拭《ぬぐ》う。それから自分の後始末をし、床に膝《ひざ》をついた。

「愛してるよ」

横たわる春彦に微笑みかける。

春彦は父に嘘をついた。篤基はその嘘に加担した。結果、春彦は基伸と篤基の二人を手に入れた。そして篤基も、欲しかったものを手に入れた。

二人だけの秘密。手に入れたその甘美な響きに、篤基は頬を緩ませる。春彦との間にできたのならば、嘘という絆《きずな》すら嬉しい。

篤基にとって、基伸と春彦だけが家族だ。その三人で愛し合える幸せに、胸が熱くなる。

『いってらっしゃい』

子供の頃から、春彦は出来る限り、家を出る基伸を見送ろうとしていた。玄関へと向かう春彦の楽しげな姿は、篤基にとって平和な朝の象徴だった。きっとまた明日の朝も、あの姿を見られるだろう。

幼い頃から、春彦の視線の先には基伸がいた。父を慕うその一途な眼差しに、たぶん春彦自身が気づいていない恋心が含まれていると分かった時、篤基もまた、自分の気持ちを知ったのだ。春彦が好きという気持ちは、兄弟に対するような種類のものではないと。

その時初めて、春彦と篤基に血の繋《つな》がりがないことを喜んだ。本当の兄弟でないのならば、春彦に惹《ひ》かれる自分はおかしくない。同性であることなんて、春彦のひたむきさの前では問題にならなかった。

それでも兄弟の関係を壊す勇気が出ず、ただ春彦を見守る日々が続いた。春彦が基伸を見送る、それを自分が眺《なが》めるという平和な朝はいつまでも続くのだと、篤基は信じきっていた。この家を出て行くと春彦が切り出すまでは。

あの時の春彦の態度で、絶対に彼を手に入れると決めた。春彦は基伸と距離を置こうとしていたのだ。この状態でもし基伸が春彦に縁談を持ち込んだら、断らない可能性が高い。そうなったらすべてが手遅れだ。

もし春彦が基伸に気持ちを伝えようとしたなら、篤基は全力で応援した。だけど春彦はそうせず、逃げる道を選んだ。それが篤基にはおもしろくなかった。

このままでは春彦は家を出て他人になる。その前に彼を手に入れなくては。はやる気持ちのまま、二人きりになった夜に彼を抱いた。

春彦は、篤基が何度も妄想《もうそう》した姿よりももっと淫《みだ》らに咲いてくれた。

『もう、許してくれっ……』

そう言いつつ篤基の手によって感じ、春彦は熱を放った。普段の清潔なイメージを打ち破るいやらしさは、篤基を虜《とりこ》にした。いくら貪《むさぼ》っても足りなくて、このままだと壊してしまいそうだと怯《おび》えるあまり、翌日は春彦に近寄れなかったくらいだ。

好きな人と体を繋げる、その快感に溺《おぼ》れたせいか、すぐ基伸にばれてしまったのは計算外だった。あの時、篤基が唆《そそのか》すままに春彦が基伸を求めてくれなければ、すべてが崩れていただろう。

横たわった春彦に視線を向ける。鎖骨の周辺がわずかに鬱血《うっけつ》していた。その痕《あと》を指でそっと確かめる。自分が春彦につけたものだと思うと、じっとしてられないような気持ちに包まれた。

わずかに春彦が身じろぐ。起こすのは本意ではないので、指を引っ込めた。すると彼は、安心したように頬を枕に預ける。

春彦は百合の花のようだと思う。清らかで凛《りん》として、だけどどこか遠慮がちなその姿が、篤基は好きだ。ひたむきで自分の美しさに無頓着《むとんちゃく》な慎《つつ》ましさも愛しい。欲しいもののためには手段を選ばない強さにも惹かれる。

バイト中、百合に触れる度に頬が緩んでしまうようになっていた。きっとこの気持ちも、秋人の墓に今も毎月欠かさず百合の花を捧げている基伸の影響だろう。

結局、自分たち親子は、秋人と春彦という親子にとらわれているのだ。

「……待たせたか」

ドアがノックもなしに開き、浴衣姿の基伸が入ってくる。シャワーを浴びてきたのだろう、髪はまだ湿っている。手には濡れたタオルがあった。

「いや。……じゃあ、春彦をお願い。俺もシャワー浴びてくる」

立ち上がり、春彦の頬にそっと唇を落とす。

「今夜は一緒に寝ようね」

春彦に声をかけるが返事はない。いつまでも寝顔を見ていたいけれどそういうわけにもいかないだろう。名残惜《なごりお》しく思いつつも、春彦を基伸に任せてベッドを離れる。

基伸が何か小さな声で言った。秋人、と聞こえたような気がしたけれど、それは聞こえなかったことにしておこう。

丸めた手紙を左手に持ち、春彦の部屋を出る。一階へ降りる前に、自室に足を踏み入れる。

綺麗《きれい》に片付いた春彦の部屋とは違い、雑然としている。だがこれはこれで居心地がいい。

ドアを閉めてから、左手に握っていた、手紙の残骸をゴミ箱に捨てた。それから床に置きっぱなしの鞄《かばん》に手を突っ込んで、一冊のノートを取り出す。

中には百合柄の便箋《びんせん》が挟《はさ》まっていた。これはどうやら春彦の父、秋人が基伸に宛《あ》てたものらしい。

広げると、達筆すぎて判読が難しい文字が並んでいる。ところどころは分かるけれど、読む気にはならない。どうせもう過去のことだ。読めなくたって別に構わない。

この便箋は、春彦が持っていた封筒の中に入っていたものだ。昨夜、何も書いていない便箋と入れ替えておいた。

こんなことをした理由はただひとつ。不安がゼロではなかったからだ。

春彦は基伸を手に入れるために嘘をつくと決めた。それ自体は篤基が言い出したのだから、不満など当然ない。問題はその後だ。

基伸が気持ちを受け入れたら、きっと春彦は真実を話す。春彦が基伸に嘘をつき続けていられるとは、とても思えなかった。

春彦に絆《ほだ》された基伸が、秋人の本当の気持ちを知ったらどうなるか。絶望して春彦を突き放すならまだいいが、もし春彦と気持ちを通じ合わせてしまったら、篤基の居場所はなくなってしまう。

「それだけは、絶対に駄目なんだ」

小さな声で呟《つぶや》く。基伸と春彦が愛し合うことだけは、何があっても阻止したい。

だからいつか基伸が春彦を秋人以上に愛するようなことがあれば、この手紙を見せてすべてを話すつもりでいる。

きっと基伸は絶望と同時に、嘘をついた春彦と篤基に落胆するだろう。基伸に対して素直な春彦は知らないだろうけど、父は嘘を嫌う。篤基は子供の頃、些細な嘘すら怒られたものだ。もし真実を知れば、春彦に対する態度が変わるかもしれない。

篤基にとって基伸は、格好良くて、仕事ができる、自慢の父親だ。本当は嘘で基伸を傷つけるような真似はしたくない。

それでも、もし、という不安から、手紙を入れ替えてしまった。これは一種の保険にすぎない。自分はただ、春彦のそばにいられればそれでいいのだから。

基伸を恋敵というにはまだ自分が子供だと分かっている。いつかは対等な立場になりたいけれど、並び立つには時間がかかるだろう。それでも努力しなければいけない。すべては春彦と共に生きるために。

いつか、父と渡り合えるようになったら、この手紙はひっそりと処分しよう。それまではこの便箋が、篤基のお守りだ。

便箋の最後に書かれた、木嶋秋人の名をそっと撫でる。

「ごめんなさい、秋人さん」

自分の欲望のために、秋人の手紙を偽った。彼の気持ちを踏みにじった罪は、これから背負って生きていく。必ず償《つぐな》いはする。

すべては自分が企《くわだ》てたことだから、春彦の嘘は許して欲しい。そして誰よりも自分に、春彦を愛させて欲しい。――父親であるあなたよりも、もっと。

丁寧に便箋を折りたたみ、ノートに挟む。ここに手紙の中身があるのは、篤基だけの秘密だ。

あとがき

はじめまして、またはこんにちは。花丸文庫ＢＬＡＣＫさんでは双子が出てくる複数物を多めに書いております、藍生有《あいおゆう》と申します。この度は「偽りの共犯者」を手にとっていただき、どうもありがとうございます。

今回は義親子です。ずっと書きたいと思っていた、家庭内恋愛です。基伸《もとのぶ》は私がこれまで書いた中で最高齢の攻となりました。

春彦《はるひこ》は大好きな和服受です。和服受にはお花がつきものと勝手に思っております。

ＢＬＡＣＫ牧場では久しぶりに剃ってない受だったので、色々とやってもらいました。とても楽しかったです！

イラストの相葉《あいば》キョウコ先生、素敵な三人をありがとうございます。麗《うるわ》しい春彦とかっこいい篤基《あつき》、そして大人の魅力に溢れる基伸を描いていただけて嬉しいです。

表紙の三人がとても美しくてうっとりします。口絵の百合もたまりません。お忙しい中、どうもありがとうございました!

担当様。BLACK牧場に放牧ありがとうございます。今回は体調を崩したりなんだりで、いつも以上にご迷惑をおかけいたしました。本当に申し訳ありませんでした。

色々とあったので、無事にこの本が発行できて嬉しいです。これからも牧場での放し飼いをお願いいたします。

花丸BLACKさんで次にお会いできるのは、たぶんエロ双子シリーズの第二シーズンになるかと思います。これまでとは違ったものになると思いますが、お見かけの際は、ぜひ手にとってやってください。

最後になってしまいましたが、この本を読んでくださった皆様に深くお礼を申し上げます。

細々とですが同人誌活動もしております。興味を持たれた方は、返信用封筒を同封の上でお問い合わせください。ご意見・ご感想などもお寄せいただけると幸せです。

それでは、またお会いできることを祈りつつ。

二〇一二年　八月

藍生　有

http://www.romanticdrastic.jp/

作家・イラストレーターの先生方へのファンレター・感想・ご意見などは
〒101-0063東京都千代田区神田淡路町2-2-2
白泉社花丸編集部気付でお送り下さい。
編集部へのご意見・ご希望などもお待ちしております。
白泉社のホームページはhttp://www.hakusensha.co.jpです。

花丸文庫 BLACK

偽りの共犯者

2012年10月25日　初版発行

著　者　藍生 有 ©Yuu Aio 2012

発行人　藤平 光

発行所　株式会社白泉社
〒101-0063 東京都千代田区神田淡路町2-2-2
電話 03(3526)8070［編集］
電話 03(3526)8010［販売］
電話 03(3526)8020［制作］

印刷・製本　図書印刷株式会社
Printed in Japan　HAKUSENSHA
ISBN978-4-592-85095-3

定価はカバーに表示してあります。

●この作品はフィクションです。
実在の人物・団体・事件などにはいっさい関係ありません。

●造本には十分注意しておりますが、
落丁・乱丁（本のページの抜け落ちや順序の間違い）の場合はお取り替え致します。
購入された書店名を明記して「制作課」あてにお送り下さい。
送料小社負担にてお取り替え致します。
但し、古書店で購入したものについてはお取り替え出来ません。